4
月夜涙
畫 れい亜
世界頂尖的暗殺者轉生為異世界貴族
The world's best assassin,
To reincarnate in a different world aristocrat
Kadokawa Fantastic Novels

Contents

The world's best assassin,
to reincarnate in a different world aristocrat

「你這隻貓，
只配給狐狸當飼料！」

†瑪荷
在盧各創設的化妝品牌擔任代理代表。從資金、物援、情資收集等方面為盧各他們提供後援。
†盧各
被稱為神童的暗殺世家長男。投胎前是世界頂尖的暗殺者，能將前世的那些知識、經驗與魔法並用。

†諾伊修
四大公爵的長男，才華洋溢又努力不懈的帥哥。
†米娜
魔族八巨頭之一。目前已溶入貴族社會，享受著人類的文化。
†塔兒朵
盧各的專屬女僕兼暗殺生意的助手。對收留自己的盧各有依存傾向。
†蒂雅
原本是貴族千金，因為各種因素而成為盧各的妹妹。魔法才華在人類中達頂尖之譜。

「先以【風檻】制住其行動，
再以【冰獄】固定——」

世界頂尖的暗殺者轉生為異世界貴族 4

The world's best assassin,
To reincarnate in a different world aristocrat

月夜涙
畫 れい亜

Kadokawa Fantastic Novels

彩頁、內文插畫／れい亜

Prologue

序章 暗殺者奉召至聖域

The world's best assassin, to reincarnate in a different world aristocrat

打倒兜蟲魔族的我們正前往王都。

所用的交通工具是以魔物犀牛拖曳的馬車。

力氣與精力都跟普通馬車全然不同。

「虧您能馴服如此強大的魔物。」

我朝坐在旁邊的葛蘭華倫侯爵問道。

對方較年長，而且是地位高於我的人物，所以要用敬語。

「費了一番苦心喔。我的領地從好幾代之前便持續研究要如何調教魔物至今，到我這代總算才具體成形。」

難怪情報稀少。

魔族及魔王出現的同時，魔物數量會隨之增長，但並不代表在那之外的時期就完全不存在。魔物具魔力，相較於別的動物更來得強壯、結實。因此，想有效利用它們的人為數眾多，卻都受挫於其凶猛狂暴的性情。

「貴領地還有調教犀牛型之外的魔物？」

「不，只有這一種，畢竟魔物會依種類而截然不同。不過呢，有這傢伙就足夠了。它在戰場上也能大肆活躍喔。」

「的確，我可不想跟這傢伙在戰場上較勁。」

硬化的皮膚能視弓箭長槍於無物。

光有幾頭這樣的傢伙衝過來就會令戰線崩潰吧。

「我自負葛蘭華倫所擁的魔操術價值，就算與圖哈德的醫術相比也毫不遜色。」

「是的，我也這麼認為。」

好了，客套話就此打住吧。

到王城之前或許得預做準備。首先我想要情報。

「葛蘭華倫侯爵，方才你提過王城有準備，要表揚我打倒魔族之舉，不過抵達王城後的行程是否已經定下來了呢？」

「是啊，有場派對在倉促間決定要召開，預計是在四天後。為此，王城才需要我像這樣提供助力。雅蘭．嘉露菈大人也表示希望邀你到聖域作客。」

憑普通馬車能不能在四天內趕達令人存疑，會需要他提供助力的確屬實。

我在意的是敲定要召開派對一事。這證明了中央相信我打倒魔族並非空口說白話。

而且，他還提到聖域和雅蘭．嘉露菈。

有尊貴不凡的大人物出面了。

「中央為何會相信我的報告呢？有勇者以外的人打倒魔族，這種事情照常理而言是無法取信於人的啊。」

「這我未能知情。因為我只有被交代要前來迎接聖騎士大人。」

「原來如此。那您個人相信我的報告嗎？」

「當然相信了……畢竟，我跟你屬於同一陣線。」

「同一陣線？」

葛蘭華倫侯爵若有深意地笑了笑，然後在我耳邊細語：

「我也贊同諾伊修。」

諾伊修。我那生在國內四大公爵家的同學。

他有意改革這個國家。

……我本來就曉得諾伊修一直在騎士學園號召同伴，卻沒有想到他連葛蘭華倫侯爵這樣的人物都拉攏到了。

後來我在馬車裡也打探了許多事。

儘管得不到憑據，還是蒐集了滿多情報。

◇

搭普通馬車要五天，我們僅用一天半就抵達王城了。
途中，我們曾經過位於王都郊外的學園附近，修建工程正加緊腳步在進行。
馬車進入王都後，便直接駛向王城。
接著，我領到常禮服，還被吩咐要換上。
那套服裝的格調比學園裡以騎士為形象的制服還高一階。
蒂雅和塔兒朵也領到了常禮服，雖然跟我的款式不同就是了。
我已獲得聖騎士的身分，蒂雅和塔兒朵則是受公認的隨從。
「盧各少爺，這套衣服好帥氣喔。」
「嗯，盧各穿起來很相稱呢……可是我好像就不太合適了。這種筆挺帥氣的裝扮，身高不夠就沒有派頭啊。」
「……蒂雅小姐，我穿了也沒有自信。而且，胸口的部分有點緊。明明料子軟一點才好穿。」
塔兒朵看似喘不過氣。我還是別問為什麼會難以呼吸好了。蒂雅正怨怨地盯著她，然而我也裝成沒看到。

「我覺得穿在妳們倆身上都滿合適的啊。」

看她們做這種男性打扮還挺新鮮。

不過，感覺讓瑪荷來穿大概會更合適。

「既然盧各這麼說，我就不排斥了。」

「是啊，盧各少爺，我也忍受得住了。」

「那就好。我們差不多該動身嘍。」

僕人們慌慌張張的，大概是上頭在催了吧。

◇

葛蘭華倫侯爵提到，雅蘭・嘉露菈正在聖域等候。

雅蘭・嘉露菈。這並非個人的姓名，而是用來稱呼國之主教「雅蘭教」中位階最高的巫女，代代相襲的名諱。

通過城中密道後，我們被領到一間房間，有某種神祕的氣息流動於此。

在這個世界仍屬罕見的彩繪玻璃鑲嵌在各處，被古董般的燭台照亮。

令人介意的是，有種可以形容成黑色輝芒的力量在牆壁四周流動，遮蔽視覺。

此處就是聖域嗎？

「這塊地方，感覺好漂亮呢。」

「是啊！蒂雅小姐，讓人看了心情一振。」

蒂雅和塔兒朵環顧四周，驚奇地瞪大眼睛。

她們還沒有察覺這座聖域有多麼異常，因此都著迷於國寶級的各種擺飾。除了我們以外似乎也有人被召見，新的訪客來到現場。

「諾伊修、艾波納還有瑞秋女士，好久不見。」

「叫我瑞秋就行嘍。你可是聖騎士，地位比我還高，敬語也免了。」

綁馬尾的修長美女瑞秋曾以首席成績從騎士學園畢業，集年輕騎士厚望於一身。

「滿意外你們會湊在一塊。」

「呃，這就是所謂的勇者團隊啦。顧慮到艾波納，才選了年齡相近又優秀的人物。一旁的諾伊修或許還有考量到家世就是了。」

「……妳這話是在侮辱我嗎？」

「陳述事實罷了。我本身倒是覺得你才稱職，沒想到聖騎士居然一上任就能打倒魔物，要找夫婿或許會是好人選喔。」

瑞秋說著便勾住我的手臂，還把胸部貼上來。

蒂雅看似不悅地怒瞪，塔兒朵變得淚汪汪。

隨後，瑞秋說是開玩笑就放了手，諾伊修則是苦笑著稱我依舊受歡迎。

「艾波納有聽說什麼嗎？我們幾個突然就被帶到這裡來了。」

我對身為勇者又是中心人物，卻好像躲在瑞秋身後的艾波納發問。

「呃，我只曉得有重要的事情要談。」

艾波納依然怯生生的。

她跟瑞秋一樣屬於男孩子氣的少女，卻沒有英凜風範，所以給我衣比人驕的印象。

「這樣啊，跟我們狀況類似。那次之後，你們都過得如何？」

「沒發生什麼風波耶。」

我們做起近況報告和情資交流。

勇者隊伍要守護王都及周遭的中央組織，據說盡是在進行訓練。

當我們談東談西時，有個身穿白色貫頭衣的白髮女子出現。

二十出頭的美女，雅蘭・嘉露菈，最高階巫女。

儘管我是首次像這樣跟對方實地見面，然而看一眼就知道了，這名巫女在仿傚那位把我送來這世界的女神。

白髮是染出來的，並非天生，而且那不會是巧合。

女神基於某種理由現身介入了這個國家，才有人模仿祂的外貌。恐怕是女神為了掌管世界便創設了利於營運的宗教。

「幸得幾位集結至此，盾禦人世的宗徒們。」

雅蘭．嘉露菈用宏亮嗓音向我們說道。

……有識者即可聽出，她這是透過訓練學來的用於打動人心的腔調。

宗教的訴求固然在於心靈層面，不過要將其廣傳或者誘使人信奉的手段，卻是依理而成。

雅蘭．嘉露菈的這種身段、發聲技巧、停頓方式，全都機關算盡。

「之所以請你們親臨，是為了揭曉祕密。真相應讓天選者周知。」

燭台火焰隨著她的話語悉數熄滅。

黑暗，隨即來到。

牆邊有物體微微發亮，之前將那些東西遮蔽住的黑色輝芒消失了。

亮光從等距陳列的石像湧現而出。

貌似蛇、豬、兜蟲等生物與人類混合塑成的異形石像共有八座。

……而且，只有豬和兜蟲石像所發的光顏色不同。其他石像都是幽幽的綠，這兩座卻是紅色。

「不可能會是巧合。」

八座石像當中，有仿照至今遇見的蛇、豬、兜蟲三個魔族塑成的立像，只有艾波納殺掉的豬跟我殺掉的兜蟲會發紅光，這是巧合的話反而才令人驚訝。

「魔族共有八名，有兩名已被打倒。你們的差事是將剩下的六名魔族打倒。而且，

更要阻止魔族意在讓魔王復活的行動。」

正因為這裡的石像與魔族死活有所聯結，中央才信得過我的報告嗎？

不，正因為無須報告就可以得知魔族死活，他們才會如此應對。

話說回來，她叫我們阻止魔族意在讓魔王復活的行動？原來魔王並非自然誕生，得由魔族助其復活？

為什麼事到如今，這些情報才出現？

此外，我還有介意的部分。

既然明白有這八座石像存在，從造型應該就可推測敵方魔族的特徵，令戰況有利，為什麼拖到此時此刻才說？

非得將這些不合理的疑點問清楚才行。燭光再次點起。

雅蘭・嘉露菈只是對我們微笑，她要交代的事情似乎這樣就結束了。

我抬頭仰望她，然後緩緩地開了口。

Episode1

第一話 暗殺者意外重逢

The world's best assassin, to reincarnate in a different world aristocrat

「雅蘭・嘉露菈大人，請問為何我無法事先得知這些情報？若能目睹位於此處的魔族塑像，我便能推敲出現的魔族及其能力，並且預作準備。」

外貌是一項關鍵。

魔物及魔族都具有與外型相符的能力。

何況聖域連這種石像都有，想必也有我用巴洛魯商會的情報網仍然查也查不出的魔族情資。

「你所言甚是。不過，這座【聖域】屬於機密中之機密。在認定你足以信任之前，我無法揭露這些。」

既然信不過我，就別派我去殺魔族。

我把這句話吞進肚裡。

「既然如此，魔族有意讓魔王復活，以及此事如何為之，也是機密中的機密嘍？」

「當然。原本這都是只能告訴勇者的情報，光是相關情報外洩，就難保不會讓這個

國家衰亡。不過聖騎士大人，教會認定你值得奉告。」

……她的話讓我得以將線索東拼西湊，推敲出大概的情勢。

判斷材料有好幾項。

一、兜蟲魔族原本想培育的生命果實。

二、王都那些人對於魔族來襲過度驚恐。

三、實際遭受襲擊的城鎮處境。

四、國家衰亡這段話。

若將這些統整起來思考，答案就能過濾到相當明確的地步。

「魔族會利用人類性命培育生命果實，藉此獻祭讓魔王復活。培育生命果實所需的人類數量恐怕達數萬之譜，規模越龐大的城市就越容易遭毒手。」

「你答得不錯，頭腦聰穎。是的，魔族的目的在於殺害人類並蒐集靈魂，進而孕育生命果實。靈魂強度有強弱之分，比方說，勇者艾波納，要獻祭憑妳一人就足夠，然而換成常人便需要約五萬人。」

聽到她說五萬人，在場除了我以外都面露驚愕。

要說國家不可能發表這些情報，也能讓人信服。

從魔族的觀點來思考就會懂。

想蒐集五萬人的靈魂，縱使苦幹實幹地襲擊一兩百人的村落也沒完沒了。

要挑居民數以萬計的大都市下手。

好比我成立化妝品牌的穆爾鐸等商業都市，或王都這等規模的首都。

然後，要是國家發表這件事會如何？

人口將從商業興隆的城市及首都大量流出，導致機能停擺。

經濟政治的混亂會使國力走下坡。

居民越多的城鎮越容易遭到毒手這一點不可能向外發表。

……而且，中央那些人正是因為知情，才會把勇者扣留於此。

「隱瞞聖騎士大人至今，對不起。假如能及早確定你跟我一樣屬於【天選者】，事情便不至於如此……」

「【天選者】是指？」

「你應該從偉大的白亞女神——葳奴絲大人那裡接過神諭吧。在你信上所寫到的女神特徵，無疑就是我在夢中見到的葳奴絲大人。何況你竟能獲賜誅討魔族的魔法，除了受到女神寵愛的【天選者】之外，再無其他可能。」

……雅蘭・嘉露菈身為最高階巫女，據傳更是女神的代言者。

我原以為女神的代言者單純是用來建立威信之詞，看來似乎真有其事。

那名女神會出現在睡夢中。換句話說，雅蘭・嘉露菈扮演的角色，就是將女神旨意轉達給人類社會的傳聲筒。

「雅蘭．嘉露菈大人，我與【天選者】略有不同……以我的情況而言，女神大人只在我小時候跟先前賜予【誅討魔族】時，讓我拜見過兩次。請問雅蘭．嘉露菈大人又是如何呢？」

「大約三個月一次。至今以來，無上女神葳奴絲大人都會將聖言託予歷代的雅蘭．嘉露菈傳達，藉此讓人世繁榮。」

有許多要點得到釐清了。就算不動用超常現象或奇蹟，能洞見未來的女神只要透過言語便可介入人類社會。相當省力又合理的介入方式。

「雅蘭．嘉露菈大人，下回與女神大人靈犀相通時，煩請代我致謝。『盧各．圖哈德必能回報祢的期待，因此還望上天垂愛守候』……拜託妳了。」

「哎，虔心可佩呢。我會記得代你稟告女神的。」

順帶一提，我對女神致謝的內容講得直接一些，意思就是：「我會達成妳的心願，所以別多事。」

「勇者、天選者，還有與其同道的夥伴，你們聽好。討伐剩下六名魔族，以及阻止魔王復活，正是幾位被賦予的使命。」

我們以雅蘭教特有的行禮方式回應巫女。

……好了，情報一口氣匯聚而來。

而且，我手上還有從蛇之魔族得到的情報。

魔王復活理應需要生命果實。蛇魔族不想讓兜蟲魔族孕育出那玩意兒。

由此可以推斷的是魔族之間在競爭誰能先讓魔王復活這一點。當中有隙可乘。

之後，我們離開聖域，還被囑咐在這裡得知的事情不可外揚。

穿過密道回城裡以後，艾波納就跟我搭話了。

「居然會有那樣的密道，嚇我一跳呢。」

「對啊。真希望早點得知，不過對方也有隱情吧。」

「要加油才行呢。像魔王那種危險的存在，我們必須阻止他復活。」

我微笑點頭。

然後，我想起了只有我知道的未來。

在女神洞見的未來，艾波納殺了魔王以後會發狂。

這表示魔王藉由魔族之手復活是已經定好的未來。

不，要認命還是操之過急……假如未來已經定好，我來到這個世界便無意義。試著掙扎到最後一刻吧。

◇

之後，召開派對。

我被任命為聖騎士時的典禮也很盛大，但這次規模更甚。

參加者的表情不同。

地方上的貴族，以及在地方上有親屬的貴族都臉色開朗。

總歸來說，就是那些人上次並未信任我的能力，都在擔憂魔族出現之際是否能得到保護。此刻我殺了魔族，總算才受到他們信賴。

對此我不打算責怪他們。畢竟在這之前，連我自己都沒有把握能殺掉魔族。

方才在台上表揚了我誅討魔族的功績，同時教會也認定我是【天選者】。

如此一來，行事會更加方便。

要討伐魔族，需要這些先決條件，不過就現狀而言，國內幾乎已經無人可以針砭我的行動了。

……局面會變成這樣，說不定也是女神計畫中的一環。雅蘭．嘉露菈本身就是女神用來認定我具【天選者】的身分以助行事方便的棋子。不，搞不好這個國家本身就是祂的棋子。

而且，有件事讓人感到意外。

我上呈的【誅討魔族】術式公開出來了。

明明這裡連他國的貴族都有受邀到場。

視運用方式不同，這招【誅討魔族】應該也能成為強大的外交手牌。

能讓勇者之外的人也殺得了魔族的手段，這對欠缺勇者的他國來說會是渴求不已的至寶。

因為在亞爾班王國以外的地方，一旦魔族出現就幾乎完了。

白白交出這張手牌是不尋常的。

「哎呀，聖騎士大人，您的杯子空了喔。」

有個褐膚黑髮，還以火辣服裝裹住妖豔身材的貴婦用雙手拿著酒杯出現，並將其中一邊遞給我。

……為什麼她會出現在這裡？這究竟是怎麼回事？

我絲毫不顯動搖地接下酒杯。

「我作夢也沒想到，會跟妳在這種地方相遇。」

「聖騎士大人，我們是初次見面喔。呵呵，您是不是把我誤認成別人了呢？」

我怎會誤認。

她就是我在打倒兜蟲魔族後遇上的蛇之魔族。

對方藏起身上的蛇之因素，擬態成人類。

魔族特有的瘴氣和魔力也壓抑住了。

……然而，我認得出來。

暗殺者擅於喬裝，因此也具備識破他人的技術。不只看外表，藉由氣味、講話方式、習慣、對談話節奏的掌控、舉止及各種要素就能夠識別。

「看來我認錯人了，不好意思。但是，這也算某種緣分，之後要不要換個地方好好談一談？」

「哎呀，您是要約我幽會嗎？居然能夠與聖騎士大人幽會，太榮幸了。那麼，我們待會見。」

對方會答應是在預料之內。

否則她大概不會在我面前出現。

蛇魔族提起裙襬行禮後隨即離去，所到之處就有貴族男子簇擁而上……那些貴族都帶著被女色迷昏頭的嘴臉。

當我盯著她時，蒂雅和塔兒朵用盤子盛了菜餚過來。

「唉，盧各真是的，一臉色瞇瞇的模樣！誰教那個人是大美女。」

「請問，少爺偏好像那樣的女士嗎？」

她們倆似乎不明白那女的是什麼來路。

「並不是因為偏好，但我有點在意她。」

「哦，之前我是說過可以允許你把塔兒朵當外遇對象，但是你敢跟突然冒出來的風騷大姊姊搞外遇的話，我會生氣喔。」

「蒂雅小姐，呃，少爺絕不會那樣的。」

被蒂雅懷疑固然讓人難過，我卻覺得她吃醋很可愛。

「放心吧，我愛的只有蒂雅妳。跟她接觸真的是為了工作。」

「哦～～那我相信你。」

沒錯，這是工作。

我來到這個世界的意義，現在更是身為聖騎士的工作。

跟蛇魔族已經約好之後見，然而光這樣不行。

探聽看看她是用什麼立場混進國內的吧。

～女神視角～

純白女神一如往常地在全白的房間內監測、分析世界。

獨處時的純白女神猶如沒表情的人偶。

女神擁有千百種臉孔，還可以視對象、狀況，擺出最具效果的臉孔。反過來說，祂在獨處時根本不需要表情，也不會付出那樣的勞力。

正因為可以變化出任何表情，祂的臉屬於絕對中立。假如有人類目睹現在的女神，大概就會這麼說：簡直像機械一樣。

「確認階段進程。確認偏離世界崩解的預測。誤差，5・623。推斷為不確定性因素，盧各・圖哈德所致。主因出自他討伐魔族以及對世界的改動。抵達崩解的機率由99・87％下降至86・34％。」

世界仍有近九成的機率會滅亡。

然而，這是一大進步，因為已經脫離了近乎確切的滅亡。

「確認法蘭・福泰爾、戴丘・葛羅萊納、納格亞・科魯道夫死亡。殘存的外來因子僅剩下盧各・圖哈德。藉由外來要素引發的現象確保資源。據此對新進的外來因子……不予認可。」

女神不相信任何事物。祂思考的，就只有機率而已。

模擬後的結果，無論從名為世界的沙盒當中動用什麼，世界終要滅亡。

因此，只好從世界之外引進變動性。

頭一號就是盧各・圖哈德。

而且，外來因子並非只有盧各・圖哈德。

機率問題。與其把資源投注於單一個體以提高成功率，增加嘗試次數還比較有效。

這跟考試分數一樣。拿七十分是容易的，要由此提高分數就十分費工夫。假如想拿滿分，得花三倍以上的勞力。

正因如此，女神不會把成本都用在一個人身上。與其信任某一個人，傾注資源到拿滿分為止，還不如用相同成本量產七十分的人才，再期待當中有誰能拯救世界。

那樣成功的機率會高得多。理應是如此。

「確認行動方針有誤。認定盧各・圖哈德有特別之處。向高階存在進行提議。上呈盧各・圖哈德的功績。與其多引進外來因子增加嘗試的次數，不如將資源集中於盧各・圖哈德。判斷盧各・圖哈德具有以機率論無法解讀的某種潛力。」

縱使迄今的判斷以機率論來說並沒有錯，現實是除了盧各・圖哈德以外的外來因子都沒有對世界造成任何影響就已經死亡。

女神到現在還是不認為當初的判斷有錯。

可是，女神不會執著於自己做的判斷。

既然事態超乎本身估計，就要予以認同並求出其他解答。

這次若是照分析的結果，名為盧各・圖哈德的個體性質異常，女神認同值得一賭。

正由於如此，與其將外來因子死亡後保住的資源用來填補新血，女神寧可選擇賭在盧各・圖哈德身上，才會做出提案。

出自女神的提案經高階存在判斷，獲得批准。

「確認許可。確保向盧各・圖哈德供應的追加資源。將世界託付給他。」

這個世界已經不會再引進外來因子。

將賭注押在盧各・圖哈德身上。

這對盧各・圖哈德來說既是吉訊，也是凶訊。

畢竟獲得的支援將會比以往多，然而他若是失敗，世界就毀了。

「模擬追加資源的有效運用法，計算七萬兩千三百四十六套方案……進而求出最高機率……否定，單就盧各．圖哈德而言，機率無法作為絕對的指標……另有應當重視的要點。」

女神做了一項決策。

無視神透過權能演算未來所得的答案之後的判斷。

「向高階存在申請資源……獲准……需要三十七日方可取用資源。為求有效運用，接通與現世聯繫的渠道，雅蘭．嘉露菈。」

雅蘭教。女神可藉此指引人類……這麼說固然中聽，其實就是為了低成本管理世界的舞台裝置——於該宗教擔任巫女的雅蘭．嘉露菈將見到祂入夢傳達神諭。

女神在介入世界之際，所有行動都要消耗資源。

比如向全世界的人類傳達神諭，負擔之重就需要抱持自我消滅的覺悟。

然而，如果只出現在一個人的夢中，成本便極為低廉。

光是於夢境向一名少女訴說，屬於普世性宗教的雅蘭教就會自己將訊息散播出去。

這種便利的舞台裝置不可能自然產生，因為有必要才創造的。只要動用女神的力量便不至於多困難。

在當代的雅蘭．嘉露菈睡夢中，女神露出微笑。

然後，祂談及盧各・圖哈德。

仁慈聖女的笑容浮現了。女神塑造出的自我形象一向是按照對方內心所求。面對依存神明，依賴上天，將理想強加而來的人，祂相當清楚需要擺什麼樣的表情。

女神切斷與少女的聯繫。接著，祂閉上眼睛。

那並非入睡，而是完全關機。

可為之事已盡。因此，在時機到來以前要先切掉電源。

好比雅蘭・嘉露菈所創立的宗教純屬舞台裝置，女神也不過是用來管理世界的裝置罷了。

女神今天同樣淡然地掌管著世界。

Episode2

第二話 暗殺者鉤心鬥角

The world's best assassin, to reincarnate in a different world aristocrat

我本來就認為跟蛇魔族仍會重逢，卻沒想到這麼快，還偏偏是在王都的派對上。

有魔族參加王城召開的派對簡直要命。能參加這場派對的人，全是國內名聞遐邇的人物。

只要蛇之魔族有意，她隨時都可以把位居亞爾班王國中樞的王公貴族殺光。

在蛇僕帶領下，我走過將房間集中供貴賓住宿的樓層。

眾人的視線聚集而來。

既為聖騎士，又得到【天選者】稱號的我是目光焦點。

而我在半夜來到女性房間，拜訪的還是妙齡美女，明天八成會傳出流言吧。

蛇僕敲門後，房間主人應了聲，門隨之打開。

「感謝妳的邀請，葛蘭費爾特伯爵夫人。」

後來，我調查了蛇之魔族擬態成的女子是何身分。

葛蘭費爾特伯爵夫人。

葛蘭費爾特伯爵家上代承襲爵位者雖是能人，卻被無能的後代敗光了家中財產，是典型的沒落貴族。

而在半年前嫁給沒落貴族的就是她。

這女的嫁進家門後，隔一個月葛蘭費爾特伯爵就過世了，之後葛蘭費爾特領換成她當家主事，才經營短短幾月便讓領地一口氣有了起色。

其美貌及手腕使她在領地內外都受到歡迎，更被眾人肯定。

魔族居然能如此適應人類社會，令我吃驚。

「呵呵呵，我一直在期待聖騎士大人的蒞臨。來來，這邊請。」

有著妖豔褐色胴體的美女微笑。

嬌媚得幾乎讓人昏頭轉向。

對方跟【獸化】後的塔兒朵一樣，正在散發費洛蒙，濃度不是塔兒朵所能比的。因為她跟塔兒朵有差異，應該是刻意釋放出來的吧。

那與肉感的肢體以及誘惑男性的舉止相輔相成，讓人不由得被吸引。

即使我受過暗殺者訓練而對藥物有抗性，也知道何謂費洛蒙，還做好了對策，依然相當不妙。

常人一碰上這種技倆，骨頭就軟了。

「有好茶招待您喔。」

「不，心領了。因為我不渴。」

「請別這樣百般提防嘛。茶裡沒有下毒啊，我只是想款待您而已。」

「這玩笑開得有意思。」

別逗我笑了。突然就散發費洛蒙，接著又是誘惑男性的儀態舉止，妳還叫我別提防有意施展媚功的女人？

「哎呀，穿幫了嗎？但是，你並不用這麼見外喔。畢竟待在這裡的，只有我旗下的徒眾。請你像在戰場上一樣，展露出冷冽而銳利如刀的面孔吧。那比較符合你的風範，而且能勾動我的心。」

葛蘭費爾特伯爵夫人彈響指頭後，僕從們便化為巨大的白蛇。

表示這班魔物都具備擬態能力。

既然沒有人類，我就可以用誅討魔族的暗殺者身分講話。就恭敬不如從命吧。

「那我就照辦了……要是趁現在引起騷動，還能扒下妳那張葛蘭費爾特伯爵夫人的假面具。大鬧一番也不錯。」

「你是個腦袋靈光的人，所以不會那麼做的。」

真了解我。

如此刻所見，她的僕從都是魔族。

既然如此，可以想到除了這些僕從，還有其他扮成人的魔物潛伏於城內。

只要這女的有意動手，就可以到處引發慘劇。

那不是我希望的。

這個魔族很有腦袋，以交涉對象而言大意不得，要達成共識倒是俐落省事。

「沒想到魔族已經成了地位足以受邀到王城的貴族。受不了，我可沒想到這場戰爭會如此令人絕望。我方的動向全部洩底，到最後連重要人物的性命都被敵方握在手裡。還有……妳究竟迷倒了多少人？若妳有意，應該可以操控這個國家吧？」

我能忍受費洛蒙，但是撐不住的人想必較多。

國家中樞會有多少供蛇操控的傀儡，我想都不敢想。

況且除了美色以外，蛇應該還握有其他能讓人服從的底牌。

「沒有那麼多喔。雖然你達標了，但我對於男人可是很挑的。不過，真是令人傷心呢，居然會有男人不為我著迷。」

蛇用指頭輕撫並靠在我的胸膛。

「很遺憾，因為我認識的女性比妳有魅力多了。」

「有這回事嗎？呵呵，不曉得是哪一個女孩，銀色瓷偶？還是那隻金色的小狐狸？誰教她們倆都相當可愛。男孩子的純情真令人動容耶，我忍不住就想出手破壞呢。」

「敢動蒂雅和塔兒朵就試試看，我會除掉妳。哪怕妳把整個國家都當成人質，也都與我無關。」

我用殺意直指對方。

換成常人，光是承受這等濃烈的殺氣就會失神。我可以完全隱藏殺氣，當然也就能反其道而行。

蛇的微笑有些緊繃。

看來她感受到我有多認真了。

「對不起喔，我沒打算惹你生氣的。嬉鬧到此為止，來交涉吧。」

終於要進入正題了嗎？

蛇收起原本游移的手指，離開我身邊。

「妳無意讓魔王復活，對吧？」

假如這條蛇真要跟我鬥，絕不可能現出真面目。

她在一定程度內可以隨意操弄這個國家，因此如果想讓魔王復活，就會操控掌權者下令支開勇者與我，再趁機挑大城市下手。

只要重複幾遍這套手法就行了。她的立場有能力這麼做。

「所幸我們有共識。其實呢，我是不希望魔王復活的喔。」

「理由在於？」

「如果魔王復活，魔族就會喪命。我啊，才不想死呢。」

「實在是簡單明瞭。不過，麻煩妳進一步說明細節。倘若如此，為什麼其他魔族還想讓魔王復活？這很荒唐吧？妳以外的魔族都有志殉死嗎？」

蛇嫌麻煩似的對我打起呵欠。

「魔王復活的條件是至少要獻上三顆生命果實，而且他一旦復活，就會吸收掉所有魔族，獻上最多生命果實的魔族將成為魔王的主體。不想消失的話，就只能製造出比其他魔族更多的生命果實。」

……換句話說，魔族只是魔王的養分嗎？

運糧餵養，到最後連自己也要奉上。

「妳為什麼不趕在其他競爭者得手之前，先製造出生命果實？」

「假設說，即使我成了魔王的主體，那真的還是我嗎？要讓其他魔族，以及生命果實……幾萬個人類的靈魂注入體內，光想就令人作嘔。我希望能保有自我，我可不會容許有別的意志進入我體內。所以，我才會扯其他魔族的後腿。」

「聽來是合理，那妳說服其他魔族不會比較快嗎？或許其他魔族也有同樣想法。」

「辦不到喔。那些蠢貨啊，都一心想要自己當魔王。所謂的魔族呢，本來就會追求力量，那些傢伙只是順從本能的動物。」

「難道妳不一樣？」

「是啊，我不需要比這更強的力量。混在人類之中生活還滿有樂趣的，畢竟領地的經營也已經上了軌道，要怎麼奢侈都隨我。我對人類的文化感到欽佩……不，我抱有敬意並醉心於此。我希望繼續過現在這種生活，享盡人類所創造的文化及娛樂。這便是我的心願。所以嘍，其他魔族會礙到我。」

暗殺者的必備技能有一項叫讀心術。

這女的「幾乎」沒說謊。

「那麼，我跟妳利害一致。」

「對，所以我才會向你揭曉魔族的身分。勇者就太過青澀，沒辦法交涉。那個丫頭會被正義感牽著鼻子走，弄得自取滅亡喔。但是，你不一樣。接下來輪到你了。呵呵，我這邊可是公開了大量情報，你也該提供些有用的情報吧？」

確實是這樣沒錯。

目前我單方面占了便宜。

「說得也對。那麼，告訴妳一項珍藏的情報吧。不跟我聯手，魔王就鐵定會復活，而妳必死無疑。有位女神向我透露過未來。照這樣下去，魔王將會復活於世，並且死於勇者之手。在此之後，這個世界將因為失控的勇者而毀滅……我的目的則是要改變這樣的未來。」

「哎呀呀，原來真有所謂的【天選者】存在。」

「沒錯，我是照女神的指示在行動。憑那位女神的意志，我正在改變原本要迎接的未來。魔王復活的未來理應非妳所願。」

雖然有一半是謊言，另一半仍是實話。

「哦，是嗎？那我非協助你不可嘍。呵呵，有意思。對了，我還沒報上名字呢。請稱呼我米娜。原本只有我那些可愛的奴隸才准叫米娜的，不過你算特例。」

對方要求握手，我便予以回應。

這下有了不錯的合作者。

王城內的政治工作、魔族的情報，雙方面都可以得到支援。

而且，暗殺者之眼看穿了蛇的謊言。

這條蛇在大方向上並沒有說謊。可是，有幾處穿插了謊言。

真正的騙子會在真相中交織些許謊言。

以這條蛇……米娜的情況來講，就算能成為魔王也不願接納其他魔族的靈魂入體，無疑是她的真心。

然而，幾萬人這個數字則是胡謅。人類的靈魂恐怕再多也無法充數。

還有她表示照現狀也很幸福，但願能繼續這種生活的說詞固然屬實，不過聲稱自己並未追求力量就是假話。魔族的本能會讓她渴求力量。

從中可以導出一項結論。米娜的目的是要殺掉所有魔族，在本身並不會與其他魔族交融的情況下成為魔王。

為此，她打算利用這個國家與我。

實在狡猾。正因為這樣，她比不具野心的人更值得信任，也更好利用。

而且，米娜在魔族只剩下自己或者斷定靠手裡的棋子即可殺害其餘魔族時，就會解決失去用處的我吧。

……我也明白米娜的真正心思，所以是打著她一失去利用價值，就會動手暗殺的盤算。

換句話說，這是一場要互相利用至最後一刻，還確定會背叛彼此的賽局。

「交涉成果很理想呢。我們何不直接交歡作為紀念？好男人在眼前，我都按捺不住發作的情慾了。」

「我早說過吧，我有可愛的女友。」

「還真注重節操呢。可惜，我明明能夠讓你的身體歡愉到再也無法對區區的人類丫頭感到滿足。」

「我可不吃這套。何況，我要糾正妳一點，肉體的快樂並不代表一切。我與人交歡追求的是更深層的滿足，從妳身上是得不到的。」

「哎呀呀，被你用認真的臉色這麼一說，大姊姊都害臊了。年輕就是厲害呢。」

我直接離開房間。利用與被利用，我要好好維繫這段關係。

……那麼，問題在於回去以後。

蒂雅肯定會氣我跟火辣的美女見面，並且鬧情緒吧。塔兒朵是不會把心裡頭的不平說出口，卻會用哀傷的眼神凝望我。

說來有些麻煩，但這就是被愛的證據。如此一想，我就覺得她們倆好可愛，真不可思議。

Episode3

第三話 暗殺者受邀參加茶會

The world's best assassin, to reincarnate in a different world aristocrat

跟蛇魔族米娜的密會結束以後，我回到我們借宿的房間。

「啊～～外遇男回來了喔。」

「歡迎回來，盧各少爺。」

蒂雅和塔兒朵出來迎接我。

蒂雅生悶氣地鼓著腮幫子，塔兒朵則是一臉哀傷地濕了眼眶。太合乎預料的景象讓我差點笑出來。

塔兒朵接過我的外套，掛到牆上。

「我並不是去跟人搞外遇喔。這是工作。」

「跟那個豔光四射的女人見面叫什麼工作嘛。盧各，再說對方肯定也對你有意思。她打算吞了你耶。」

說她打算吞了我……確實是如此。

「我需要葛蘭費爾特伯爵夫人的助力，為了在這個國家迅速地獲得情報，有利於活

動。」

「騙人，伯爵才沒有那樣的政治實力。」

貴族的階級由上依序為公爵＞邊境伯＝侯爵＞伯爵＞子爵＞男爵＞騎士。

如蒂雅所說，伯爵原本就沒有多大的權力。

「即使她本身不具實權，她攏絡的那些男人仍握有權力。天曉得中央有多少人已經成了婊兄弟。」

「盧各少爺，請問婊兄弟是什麼意思呢？」

塔兒朵偏頭表示不解。

當我礙於啟齒時，蒂雅就開口了。

「呃，那是用來稱呼跟同一個女人上過床的人喔。」

「呀啊。」

這對塔兒朵似乎刺激太強，她臉都紅了。

反觀蒂雅則是處在貴族社會已久，對這類話題見怪不怪。

「哦～～所以你也跟那些人成了兄弟啊。」

「假如是，我就不會這麼早回來。雖然不能跟妳們透露詳情，但我跟她純屬生意夥伴的關係。她有邀我上床，可是我想起蒂雅的臉就拒絕了。」

我把蒂雅抱進懷裡，起初她繃緊身體，然後就放鬆了力氣。

「……嗯，我願意相信你。」

「謝謝。塔兒朵也肯相信我嗎？」

「當然了。盧各少爺才不是好色之徒。」

我並非沒有色心，年輕的肉體就是會被那類誘惑牽著走。

不過，我並沒有幼稚到會把這種心理展現在外。

「那個，盧各少爺，諾伊修大人寄了信過來。」

「該怎麼回應好呢？要拒絕倒是不乏理由。」

「有好多邀約喔。呃，少爺離開以後，我們還收到了這麼多來自別人的邀請函。」

塔兒朵在桌上攤開成疊的邀請函。

我收到如山高的派對及其他邀約。這些信都是要拉攏既為聖騎士又成了【天選者】的我。

「不只是茶會，甚至有人想向我借種。」

「盧各，你還真受歡迎耶。」

「怎麼可以這樣，少爺又不是馬。」

借種的含意正如字面所示。

越是具備強大魔力，生出的小孩越有高機率也是如此，這就是對方要的。

「貴族把魔力之強當成頭銜，還可以為此拋開各種倫理觀念。像這封信上就委婉地寫到在跟魔族作戰的過程中或許會喪命，問我要不要先留下曾於人世的證明。

「話講成這樣反而讓人不敢領教耶。」

「請問，少爺是怎麼想的呢？」

「我跟蒂雅一樣，根本不想思考死後的事情。」

塔兒朵露出了看似遺憾的臉色……難道說，只要我表示想留下曾於人世的證明，她就會答應協助？這陣子，塔兒朵有剎車失靈的傾向，我得多留意。

所有邀請函，我都過目了一遍，最後才讀諾伊修的信。

信裡有列出聚會的參加者。

全是年輕的實力派貴族，相當符合諾伊修的作風。

而且……

「塔兒朵，我寫了要寄給諾伊修的信，替我送出去。」

「好的。咦！少爺決定參加嗎？」

「哦，這樣好嗎？明明還有更能建立人脈的邀約，而不是去那種小朋友齊聚的騎士家家酒。」

「妳講話真是犀利……這上頭有我無法忽略的姓名。葛蘭費爾特伯爵夫人的名字，和葛蘭華倫侯爵聯名寫在一塊。」

諾伊修會有危險，諾伊修召集到的年輕能人也令我在意。

在我回來時，那個蛇女曾露出若有深意的笑容，原來她明知我們會三度碰面。

「唔，果然你就是喜歡那種風騷的女人。」

「……少爺偏好那種風騷的人，我、我會努力的！」

「並不是我個人想跟她見面。放著她不管會有危險，那相當於在不諳世事的羊群中有一匹狼。」

搞不好諾伊修底下前途有望的年輕新血，全會受到那女人的毒牙所害。

蒂雅疑心似的望著我。假如告訴她那個女的是魔族，應該就能得到信服，契約上卻不容許我這麼做。

我對任何生意夥伴都會遵守契約。所以，我得用別的方式說服蒂雅。

我親吻蒂雅。由於這太過趁人不備，蒂雅為之瞠目，而塔兒朵用手捂著臉以後……從指縫間還是看得一清二楚。

「我真是沒信用。蒂雅，我應該說過自己最愛的人是妳。我們到那邊的房間去吧，我會用行動來證明。」

我說著以公主抱的方式抱起蒂雅。

蒂雅沒抵抗。

「真是的，你偶爾會變得很強硬耶。」

「妳不喜歡嗎？」

「……不會。盧各，我也想讓你疼愛。」

「那我們走吧。」

好久沒有跟蒂雅交歡。

在圖哈德的屋邸總覺得不方便辦事。除了會議室、父親的辦公室和拷問間以外，圖哈德屋邸的隔音性能並不高。

……而且明明隔音性能不高，卻有兩個人豎直了耳朵。

不過，這裡是王城，我們可以放心交歡。

「那、那個，我去替少爺送信！」

塔兒朵滿臉通紅，帶著信離開了。

她在體貼我們。

為了不讓她白費心意，我們就盡情享受歡愉吧。

Episode4

第四話 暗殺者提出忠告

The world's best assassin, to reincarnate in a different world aristocrat

隔天，我來到了凱菲斯公爵家位於王都的別館。

茶會則是在廣闊的庭園裡舉行。

大概是凱菲斯家以武聞名的緣故，這座庭園兼作為訓練場，有些手持木劍互搏的人正在流著汗水。

聚集於此的大多是年輕有才幹的貴族。

年輕人具備充沛的氣力以及自我表現欲，單純聊天應該會覺得不過癮。

「真是的，為什麼盧各跟塔兒朵都要拖到最後一刻才叫我起床嘛，害我要匆匆忙忙地化妝。」

身穿禮服的蒂雅幽怨似的看了過來。

「妳的睡臉可愛得讓我入迷啊。」

「那個，因為兩位昨天都在享受男歡女愛，我好像不方便進少爺和小姐的房間。」

「唔！被你們倆這麼一說，我都不能發脾氣了。」

蒂雅服氣後拿手鏡照起臉龐。雖然蒂雅平時並不會化妝，但是在出席這種場合時就另當別論。

「話說回來，蒂雅小姐穿上禮服果真好可愛，像妖精一樣。」

今天的蒂雅嬌憐可人。

裸露度收斂的水藍色禮服十分亮眼。

此外，由於添了一層平時沒有化的妝，些許成熟氣息帶來絕佳的落差效應。

參加派對的眾多年輕人都盯著蒂雅。我身為男友固然感到驕傲，卻不得不留心以免有蒼蠅來糾纏。

「謝謝。塔兒朵只要打扮過也會更加可愛喔。盧各，你當聖騎士領了很多津貼吧，幫塔兒朵買禮服嘛。」

「說得對呢。我也想看塔兒朵穿禮服。」

「那、那樣不行，畢竟我是傭人。更何況，我穿禮服才不會合適。」

「並沒有傭人不能穿禮服的規定啊。好，我決定了，下次參加派對就讓塔兒朵穿上禮服。要拜託瑪荷替塔兒朵量身設計，準備一襲最頂級的禮服。」

蒂雅今天穿的禮服就是透過這種方式準備的。

連名門貴族於王城齊聚的派對上也難以見到這等禮服。

這並不是單純砸錢就能弄到的貨色，需要有相應的人脈及事先籌措。

「呃，那樣真的太浪費了。我即使穿上禮服也不會合適。」

「塔兒朵，妳很可愛啊。甚至在王城的派對中，都找不到比妳更漂亮的傭人。更重要的是，我想看穿上禮服的塔兒朵。」

「嗯嗯，不用謙虛。塔兒朵妳很可愛喔，再說妳胸部大，胸部又大，因為胸部夠大，我認為妳適合穿性感的禮服。」

「啊哈哈哈，謝謝。」

連連提到胸部的蒂雅讓塔兒朵僵住了。

蒂雅對胸圍有自卑感，挑選禮服時她一直依依不捨地看著胸口鏤空的禮服。

當我們聊東聊西時，諾伊修和他的跟班便來到庭園中央。

「虧你能赴會呢，盧各。」

「我對諾伊修召開的派對有興趣啊。」

剛才那是客套話。最讓我牽掛的並非諾伊修，而是在他後面被年輕騎士們圍繞，還對他們露出微笑的妖豔女性。我把心思放在蛇之魔族，也就是米娜身上。

那些年輕人仍舊折服於米娜的豔光，個個都熱情萬分。

連剛才迷上蒂雅並且遠遠地一路跟著看的人，注意力也被吸引過去了。

這不代表米娜比較美，是費洛蒙見效了。

而米娜朝我這邊嫣然一笑揮了揮手，我便點頭致意。蒂雅挽著我的手臂多了一股勁，塔兒朵則是猛拉我的袖子。

「不介意我向大家介紹你吧？」

「那倒無妨。」

諾伊修推了我的背，將我領到高一截的地方。

「各位，我來介紹，這是我的學友兼誅討魔族的【聖騎士】，盧各．圖哈德。」

他這句話讓所有參加這場派對的人將目光聚集過來。

眾人眼裡蘊藏的是憧憬。

年輕使他們懷著稚氣之心望著我，彷彿在瞻仰繪本裡的騎士，而不是用貴族常有的那種充滿欲念及盤算的眼神看人。

現場從我身上尋求的應該就是那種派頭。給點回饋好了。

「我叫盧各．圖哈德，受封為【聖騎士】後，正在與魔族戰鬥。」

在場盡是地位比我高的貴族，我卻刻意選擇用平起平坐的口吻講話。

這個場合要我扮演的角色是偶像，他們並沒有要我低聲下氣。簡短的問候令現場情緒熱烈。

「我將盧各．圖哈德找來這裡是要讓他認識我們……奧奎多騎士團，拔劍預備。」

配合諾伊修的號令，聚集而來的青年整齊劃一地排成隊伍。

「全體拔劍！」

宛如波浪一般，列隊人員由排頭隨著自介拔出佩劍，並且不偏不倚地舉至胸前。

優美的身段。飽經鍛鍊的身體養成了結實體魄才能有這種表現，重複演練過幾千遍方可令身段洗鍊至此。

在場所有人肯定都是頗具本領的劍士，還有好師父指點。大概是諾伊修請到的吧。

「吾等為奧奎多騎士團！此劍將奉獻祖國的和平。」

諾伊修在最後說了這一句收尾。年輕貴族們的臉上洋溢著自我陶醉。

……哎，原來如此，是這麼回事啊。

奧奎多是出現在童話當中的理想騎士。騎士團會以此冠名，聚集的成員有何種思維便可想而知。

「盧各，這就是屬於我的騎士團，奧奎多騎士團。在這裡的貴族都是獲准在王都擁有別館的名門之後，還有我在學園發掘的人才。我集結這些成員，再由凱菲斯家出資贊助，成立了國家公認的第二支魔法騎士團。」

我大致可以推測出內情。

目前由於魔族復活，魔物出現的頻率大幅增長了。

原本魔物非由各領地保有的戰力來應付，然而，實際的問題是窮於對抗。現狀是各領地都在向國家求援，騎士團因而被派遣至各地。

然而騎士團資源有限，人手不足以分派。

在這個節骨眼，諾伊修有了動作。

說穿了，這就是一群尚未繼承家業，可以擅自妄為的大少爺，以及出身平民而不受束縛的練家子。他召集了這些有實力卻無處發揮的人，打算加以運用。

而且，既然有凱菲斯家負責出資，中央更無理由拒絕設立新的騎士團。

何況這好歹是身為勇者團隊一員的諾伊修所提出的主意。

「這支騎士團規模還不大。不過，成員皆是有實力及熱情的騎士，在日前也曾大肆活躍，往後我們仍會逐漸累積實績。總有一天，我們將得到足以超越國內正規騎士團的實力和名聲。」

……以這股力量為背景，諾伊修應該有意改革國家吧。

諾伊修本身恐怕並不像其他人對童話裡的英勇騎士懷有憧憬，而是趁便利用這群自尊心強又具備實力的年輕人。

無論在任何時代，正義與憧憬都是便於操控年輕人的道具。

「然後呢，你也要我加入奧奎多騎士團？」

「我沒那麼說。但是，將來魔族出現的話，我們會與你並肩作戰，所以我希望能在今天把你介紹給大家認識。既然勇者沒辦法離開王都，你才是保衛這個世界的王牌。我們的任務就是要協助你。」

奧奎多騎士團的眾人自豪似的點頭。

假如能實際立下打倒魔族的功勞，奧奎多騎士團的名聲就會一舉飆升吧。

倘若順利，還可以獲得比原有騎士團更高的話語權。我明白諾伊修的想法。

所以，為朋友著想的我擇言回應：

「不必。麻煩別來干預我們跟魔族的戰鬥，會造成妨礙。」

對，這才是最讓他受用的一句話。

現場氣氛與諾伊修的表情隨之僵凝。

我早就知道會這樣。即使如此，我仍不得不說。

不這麼說，他們早晚會送命。

就算會受人嫌惡，總比讓他們喪生好。

這些人不懂，他們所做的不過是在玩家家酒扮騎士。

Episode5

第五話 暗殺者打賭

The world's best assassin, to reincarnate in a different world aristocrat

直到剛才都夾雜著憧憬的表情從奧奎多騎士團的臉上消失了。

取而代之浮現的是困惑，以及沉靜的憤怒。

這些人對身為聖騎士的我尋求的並非拒絕之詞。

『一同奮戰吧。』

『期待各位的表現。』

諸如此類。

我認為不想引起風波的話，應該這麼回答。

然而，我並沒有那麼做。這是為他們好，更為了不讓我的朋友諾伊修送死。

「哈哈哈，玩笑開成這樣就傷人嘍。盧各，你是在激勵我們吧。」

諾伊修為了打圓場，帶著笑容向我搭話。

「不，句句屬實。說來算是我跟魔族交手過的感想，要對付它們，單靠略有身手的騎士助陣只會成為累贅。面對魔族，我沒有餘裕能一邊保護你們一邊戰鬥。」

我回想跟兜蟲魔族的戰鬥。

跟那傢伙搏鬥的過程中，是由塔兒朵擔任前鋒應戰。

塔兒朵靠著【追隨我的眾騎士】之力提升能力，更用了S級技能【獸化】。即使如此還是不夠，連藥物都用上了。

然而她卻連爭取時間都要費盡全力，還居劣勢。

S級技能原本是一億人中才有一人具備的英雄之力。

而我們就算靠雙重的英雄之力仍無法企及對手。魔族便是如此。

像他們這種程度的騎士根本不值一提吧。

「這樣的話，你將塔兒朵和蒂雅帶在身邊又怎麼說？根據你提出的報告，上頭有寫到她們兩人居功匪淺。我明白塔兒朵和蒂雅有多優秀，而我自信有足夠的力量可匹敵她們倆……不，我贏得過她們，而且奧奎多騎士團裡全是我認同的強者。」

以在學期間的成績來說，諾伊修是在塔兒朵和蒂雅之上。

可是，她們在學時根本沒有展現過真本事，在學校休課後還變得更強了。

「不然我問一句。首先，在這當中有能使用【誅討魔族】的人嗎？」

由我跟蒂雅研發出來的魔法，對外則聲稱是女神傳授的魔法。

這一招早就傳遍國內外。

而且，如果是奧奎多騎士團這種想打倒魔族以提高聲望的騎士團，必然已經嘗試過才對。

「……吾等騎士團裡，無人會用那招。」

「那麼，你們要怎麼打倒魔族？讀過我的報告就曉得吧，我們是由塔兒朵負責絆住魔族，由蒂雅祭出【誅討魔族】，再由我給予致命一擊。簡而言之，最起碼也要懂得使用【誅討魔族】才有得談。」

「呃，可是……對了，由我們接手絆住魔族的工作如何？從下次開始，改由我們來履行塔兒朵履行過的任務，這樣比她一個人負起重任更有效率。」

我搖頭。

「我說過了吧。跟魔族交手是在走鋼索，我們沒有保護累贅的餘裕。」

「難不成你想說我跟騎士團的能耐會輸給塔兒朵一個人？」

「我就是這個意思。」

看來剛才這句話難免傷到了諾伊修的自尊心。

諾伊修扔出手套。

他扔的方向前方有塔兒朵。

「……如果你不改口，我希望來一場決鬥。我也有身為騎士的自尊心。」

「咦！請、請問，是跟我嗎？」

「只要我贏過塔兒朵同學，就能證明你那些話是錯的吧？只要我贏，你就得跟我們協力對抗魔族。」

塔兒朵陷入困惑，看著我的臉。

「我沒有理由接受。」

「倘若我輸，任你提出什麼要求都行，我會用凱菲斯家的力量為你實現。」

公爵家的力量是嗎？

絕大多數的蠻橫要求都過得了關，話雖如此，還是不太吸引我。

不過，要收拾當下局面只得接受決鬥。

「塔兒朵，麻煩妳，答應跟諾伊修決鬥。當然要出全力。」

「好、好的，我會加油。但是，這樣好嗎？呃，我是指認真應戰。」

塔兒朵並沒有惡意。

然而，她的台詞對諾伊修來說實在難以容忍。

塔兒朵提到的全力是包含【獸化】，沒辦法放水。

她是在擔心有可能讓對手受重傷。

在諾伊修聽來應該只會覺得她在瞧不起人。

「……塔兒朵同學，妳似乎過於低估我了呢。我可不想被妳這麼看待。」

「那、那個，對不起。我並沒有那種意思。」

「沒關係，妳不必多做解釋。我會用決鬥證明自己的實力。」

諾伊修只說完這些便走上位於庭園的擂台，騎士團的成員之一將木劍遞給他。

塔兒朵淚汪汪地慌亂了一會兒，可是在我點頭以後，她就邁步走上擂台。

而諾伊修看到她那副模樣，露出傻眼的臉色。

「抱歉，是我思慮不周。妳那一身裝扮沒辦法戰鬥吧。麻煩先去換套衣服。」

諾伊修身穿禮服，不過凱菲斯家以武為豪，縱使是禮服也會把便於戰鬥當成款式設計的前提。

然而，塔兒朵穿的是女僕裝。

「不，沒問題的。盧各少爺為我設計的衣服雖然是這副外表，卻比尋常的鎧甲牢固多了。」

而關於這方面，塔兒朵的女僕裝也一樣。

塔兒朵大多是以這副裝扮隨侍於我身旁，正因如此才要讓她具備戰力。

運用取自魔族的素材，再以魔法強化，兼顧活動輕便及防禦力。

……若要指出唯一問題，就是款式為裙子。

女性穿長褲於公眾場合露面，在這個國家會被看作粗俗沒教養，因此我不得不採用裙子的款式，還要考慮戰鬥上的需求。

由於有防刃過膝襪，保護性固然不用擔憂，可是動作劇烈就會讓裙襬掀起。

我不想讓在場這些人看見塔兒朵的內褲。暗中操控風來掩護她吧。

「沒想到妳那套衣服會是防具。既然如此，我就可以認真出手了。」

諾伊修鬆了口氣。

自尊心被傷害到這種地步，他居然還能關心塔兒朵。不，這倒沒什麼好意外。

……諾伊修初次跟塔兒朵見面，不知怎地就受了吸引。

不過我在意的是，那跟對於異性的情愫有些差異。

沒錯，說來就像渴求母親的小孩。

說不定塔兒朵神似諾伊修的母親。

「塔兒朵，以全力一擊定勝負。」

「是，盧各少爺。」

「盧各，你徹頭徹尾把我看扁了呢。」

「有沒有看扁，你交手以後就會知道。」

塔兒朵接過木槍。

然後她做了深呼吸，提高集中力。

「那、那個，諾伊修大人，我會在比賽開始的同時用一步拉近間距，從槍尖勉強能觸及的位置對準軀幹朝中段橫掃。所以，請接住我的攻擊……呃，因為我不想殺人。」

諾伊修的臉染上怒色。

他從先前就一直相當惱火，但是剛才那些話似乎讓理智斷線了。

「……不用再對話了。我會靠決鬥的結果取回尊嚴。」

接著他便舉劍備戰。

傳統的正眼架勢，毫無破綻。

雙方對峙相向。

看來有一名騎士團成員會擔任裁判。

高舉旗子。

揮下後，比賽就開始。

塔兒朵的視線投向我，我便對她點頭。

於是……狐狸耳朵和尾巴出現了。

聽得見有人稱讚可愛的聲音。

在這種狀況下還能得到這樣的感想，可見狐耳狐尾巴跟塔兒朵似乎是絕配。

朝諾伊修那邊看去，由於他聚精會神，好像沒有被打亂心思。

塔兒朵平時怯生生的眼神變得嗜虐，有如獵人。

【獸化】副作用造成的狂暴化及亢奮。

往常的塔兒朵大概會躊躇而無法拿出全力，但現在的她應該能做到毫不留情，進而施展極致的一擊。

「開始！」

旗子被揮下。

剎那間，塔兒朵身影消失，聲響隨後而至。

神速的步伐。

不靠圖哈德之眼就無法看清。

達到神速境界，卻極度精準。她踏進了勉強能用長槍觸及對手的距離。

接著便一如宣言地朝中段橫掃。

諾伊修的防禦勉強趕上。

由於諾伊修本領夠高，更重要的是預先聽塔兒朵說過會這麼做，才來得及防禦。

木劍與木槍相碰，兵器於角力間開始碎裂，但塔兒朵直接以蠻勁打退對手。木槍在完全碎裂前便將木劍連同諾伊修一併擊飛。

諾伊修隨著兵器碎片飛出擂台，就這麼在地面反彈數次，最後撞上庭園裡搭建的倉庫。

「是我贏了。盧各少爺，我照吩咐用一擊定勝負了！」

塔兒朵開朗地發出純真的嗓音，還搖起毛茸茸的尾巴。

而騎士團眾人看著塔兒朵，個個面帶驚愕以及恐懼。

聖騎士也就罷了，在他們之中最強的諾伊修連對上傭人都完全不敵。

諾伊修手按在側腹，拖著腳步朝這裡走了過來。

他的肋骨斷了。

「諾伊修，這就是塔兒朵現在的實力。而且，連她這樣要對付魔族都會居下風，使盡渾身解數也只能絆住敵人幾十秒，戰況拖久就會死。你明白當中含意嗎？」

騎士團成員臉上浮現的是絕望。

即使知道魔族很強，他們對於其強度還是一直有誤解。

具體目睹有多強以後便被現實壓垮。

再也沒有人抱著要打倒魔族立功的念頭。

諾伊修眼神空虛地回到擂台，抓住塔兒朵的手。

「告訴我！妳是用什麼方式獲得了那種力量？我要……我需要力量！」

這句話說到最後，他就昏厥了。

「快點，叫治療術士過來。」

「還要趕快找醫生。」

「擔架，有沒有擔架！」

騎士團成員總算去叫會用治療魔法的人了。

儘管塔兒朵處於【獸化】狀態中，仍感到害怕。

諾伊修的表情就是如此鬼氣逼人。

狐耳和尾巴消失後，她回到我這邊。

「盧各少爺，請問這樣好嗎？」

「是啊，讓騎士團了解現實比較好……不做到這個程度，諾伊修他們會自己去挑戰魔族，然後戰死。」

說來算刺激性療法，除此之外也沒別的手段了。

假如只是敗給我，他會對聖騎士的特殊資質看開，然而輸給塔兒朵的話，就無法找任何藉口了。

希望這樣一來能讓他明白自己的斤兩。

「感覺有點可憐。」

「塔兒朵，妳真是溫柔。」

我摸了摸塔兒朵的頭，她就發癢似的向我撒嬌。

我們回去吧。

氣氛並不容許我繼續留在這裡。

之後得替諾伊修緩頰。

還有……

「妳為什麼會在這裡？」

我必須達成來這裡的目的。

騎士團眾人聚集到諾伊修那裡，使得蛇魔族米娜失去周圍獻殷勤的男伴，我便走向

閒下來的她身邊。

「嗯～～這是我的興趣。與其跟那些油膩膩的大叔玩，年輕熱情的男士比較能挑動我的心……再說，那男孩最後的表情先是絕望，然後差點掉淚，即使如此，仍充滿對無窮力量的渴望及野心。實在令人胃口大開呢，我都忍不住動心了。」

「那是我的朋友，如果妳敢對他出手，就要有相應的覺悟。」

「我可沒道理被你干預那麼多，契約並未規範到這些。更何況，我又不會對他做什麼壞事。」

「契約確實並未規範這些，但是，我在規範外也會隨自己高興行動。」

「可以啊，呵呵，真讓人期待。」

……短期內，我還是別用盧格的身分，改用伊路葛．巴洛魯的情報網來監視諾伊修好了。

以免讓這名蛇之魔族有隙可乘。

然後，我要多設下一道防線。

我從騎士團裡抓了個倉皇失措的傢伙過來。

「等諾伊修醒來以後，替我轉告他。關於這場決鬥的獎品，我要求的是諾伊修還有奧奎多騎士團往後都不與葛蘭費爾特伯爵夫人來往。」

「啊！你好奸詐。」

「剛才妳也說過吧，這在契約規範之外。妳應該無權對我跟諾伊修的約定置喙。」

「哎，說得是呢。還以為好不容易能找人玩玩，這次我甘願罷休。」

如此一來，保護諾伊修等人不受米娜毒牙侵擾的目的就達成了。

諾伊修應該會謹守身為騎士的誓言。

「塔兒朵、蒂雅，我們回去吧。」

「好的，盧各少爺。」

「回程我們順便找地方繞繞嘛，在這裡又沒吃到飯。」

我們三個從凱菲斯家的別墅離去。

不曉得諾伊修跟他的騎士團之後會怎麼發展。

該叮嚀的已經叮嚀了。

假如他們仍要貿然行事，我也愛莫能助。

我只能幫到這裡。

還希望我的朋友不會走上歧途。

Episode6

第六話 暗殺者接納

The world's best assassin, to reincarnate in a different world aristocrat

我從諾伊修邀請參加的茶會回到城裡提供暫住的房間。

……讓我在意的是，諾伊修最後顯露了對力量的渴望。假如他對力量的渴求更勝於自尊心，米娜就有可能趁虛而入。

畢竟對方屬於魔族，要賦予人類力量應該是有可能的。

為了派人監視，我運用地下聯絡網跟瑪荷取得聯繫。

當我處理這些事情時，我們三個也各自在房裡用熱水和毛巾清潔身體，並且換掉衣服，然後聚集到共用的生活空間。

我們一邊閒聊一邊商量明天以後的行程。

「這個房間太方便了，會讓人想一直住下來耶。任何事情交代下去就有人代勞，而且什麼東西都討得到。」

「身為傭人，我會覺得自己的存在意義受到動搖而無法安心……」

「這地方舒適歸舒適，還是圖哈德領住起來比較自在，塔兒朵做的飯菜也比較合我喜好。」

「能聽到盧各少爺這麼說，我好高興。」

「盧各，你果然比較喜歡顧家的女生耶。我要學會烹飪才行。母親也說過，要掌握男人要先抓住他的胃。」

「咳！總之來討論明天的事吧。」

……雖然我們參加了諾伊修的茶會，其實另有一項絕對推辭不掉的邀約。

「明天要與洛馬林公爵會面……沒想到對方會與王室聯名寄來邀請函。這實在無法可躲，要求與我們會面的理由亦然。」

寄信者跟諾伊修出生的凱菲斯家同屬四大公爵家之一。

而且，其家族跟圖哈德在檯面下的另一張臉孔有著密切關連。

圖哈德只為這個國家動刀，因此唯有王室下令才會行動。

不過，王室並沒有直接將所有命令下達給我們。

四大公爵家之一洛馬林公爵家會判斷是否對國家真的有益，再委託圖哈德辦事。

而我們完成暗殺以後，都是由洛馬林公爵擔保善後，以維繫國家利益。

說穿了，他們對圖哈德而言相當於上司。

「欸，我不能跟著一起去那裡嗎？」

「有困難耶，蒂雅。對方只准一名隨從同行，還明言不能帶其他人。」

「要是我違抗指示跟著去，會有什麼後果？」

「畢竟信上蓋了王室的印章，如果違抗王命，最寬待的處置就是處死我一個。」

「唔！聽你這麼說，我就不敢強求了。塔兒朵，妳要替我保護盧各喔。」

「是的！請交給我吧！即使奉上生命，我也會保護好盧各少爺。」

一如往常，塔兒朵就是這麼拚命。

「妳的熱忱固然讓人欣慰，但是要多珍惜自己。寶貝的塔兒朵如果受了傷，會讓我痛心。」

「哇哇，少爺言重了，居然說我是寶貝。」

塔兒朵紅了臉，還用手捧住雙頰。

「盧各，你偶爾就是會一派自然地講出這種話耶。」

「我會要求自己坦率地表達好感，尤其是對妳、塔兒朵與瑪荷。」

我們是團隊，我希望盡量少有隱瞞的事情。

……正因為我隱瞞了許多事，才更有這種想法。

「哦～～不過你光會像這樣讓女生動心，卻一直擱著她們不理，連我都要感到同情了耶。塔兒朵也一樣，妳要節節進攻才可以啊。總覺得盧各最近都把心放在那個妖豔大姊姊身上，光我一個好像不夠呢，還需要塔兒朵的魅力。」

「需、需要我的魅力？」

「對呀對呀，我也覺得對象是塔兒朵就沒有關係。與其讓盧各被那樣的阿姨搶走，藉由塔兒朵獲得滿足要好多了。」

「……早跟妳說過了，我並沒有用那種眼光看待葛蘭費爾特伯爵夫人。」

「嗯，我曉得。我有了把握，你是把那個人當成敵手。剛才說那些只是在戲弄你。我差不多要回房間嘍，因為我要把白天靈光一現想出的魔法研發成形。」

蒂雅自顧自地講完以後便回到自己房間。

「還有，我今天希望能專心，所以會戴耳塞。一旦專注於研究魔法，我就會什麼都聽不見。你們加油喔。」

她若有深意地留下這句話。

等蒂雅離開以後，我看了塔兒朵的臉，就發現她的臉更紅了。

接著，塔兒朵擠出聲音對我說：

「那個，盧各少爺，請問，你記得我提過假如我能將色色的事情運用在暗殺方面，就能幫到更多忙嗎？」

「記得。我阻止妳了。」

以暗殺手法而言，美人計相當有功效，從古時候就持續被運用至今。塔兒朵的姿色、魅力，以及無意識挑動男性嗜虐心的舉止都是與生俱來。目標若是男人，就可以當成暗殺利器。

然而，塔兒朵的性格並不合適。

更重要的是，我不想讓塔兒朵做那種事。

「少爺阻止我以後，我說自己並不是想用暗殺者的身分學美人計，而是想用女僕的身分服侍少爺，結果少爺對我講的話，我記得是：『將來再說吧。我沒有意願抱一個光是被男人推倒就會發抖的女人。』」

「我確實說過。」

令人訝異的是每字每句都正確無誤。

「呃，少爺說的將來，就不能是現在嗎？」

「怎麼突然問這個？」

「才不突然呢！我一直想讓少爺疼愛，可是又有點害怕，我努力讓自己不害怕，還告訴自己只要變得不怕，就能迎接少爺所說的將來。我忍著不向少爺討疼愛，可是，少爺會跟蒂雅小姐做那種事情，而且跟別人也會。還有，少爺老是盯著那些火辣的女人，所以說，我已經不想再等了。」

……原來塔兒朵臉上故作平靜，卻始終介意我跟蒂雅發生關係這一點，還有蛇魔族米娜的事。

關於後者完全是冤枉就是了。

「呼～～塔兒朵，妳今天先冷靜下來吧。」

塔兒朵的臉色像是迎來了世界末日，讓我心痛。

看來我的言語表達不夠完整。

「我並不是排斥與妳交歡。【獸化】的影響還殘留著吧？假如事後才判斷自己並不冷靜，妳會後悔的。」

「跟那沒有關係！我從以前就一直希望了嘛！而且像這種事情，我只有趁著失去理性的現在才說得出口！」

……情緒太激動不只讓她的口氣變得奇怪，最後還講出了驚人之語。

「之前妳會怕，但現在真的沒問題了吧。」

「我有用功學習！還有，我現在一心想要少爺，只希望把少爺吃掉，所以一點也不害怕！」

「用功是嗎？所以昨天我跟蒂雅交歡的時候，妳才會把耳朵貼在門上聽啊。」

「哇哇！怎麼這樣，不會吧，少爺發覺了嗎？」

「不可能渾然不覺吧。我可是暗殺者。」

「啊唔，呃，那個，對不起。我實在忍不住好奇。」

「這次我原諒妳，下次要避免。假如妳實在忍不住想聽，就先徵求蒂雅允許。」

「我不會再犯了！」

塔兒朵立刻回答。

而我硬是把塔兒朵摟進懷裡，緊緊擁抱她。

然後，我用手撫弄塔兒朵的身體。

「看來妳真的不怕了呢。」

之前塔兒朵會發抖，還繃緊身體，現在卻不一樣。

感覺既柔軟又願意接納我的擁抱，甚至反過來抱我。

「我不會再對少爺感到恐懼了。所以，拜託你。」

「我明白了。那麼，我們到房間吧。」

「好的……請少爺盡情用我享受歡愉。」

在這種時候不要求我溫柔，而是叫我盡情享受，很符合塔兒朵的作風。她把我視為優先。

真是個乖女孩。正因如此，我希望能珍惜她，更希望疼愛她。

即使這是塔兒朵的第一次，我也要帶她享受最棒的體驗。

Episode7

第七話——暗殺者密會

The world's best assassin, to reincarnate in a different world aristocrat

我在一如往常的時間醒了過來。

看向旁邊，塔兒朵裸身挽著我的胳臂。

她洋溢著幸福笑容，嘴邊還流下口水。

……那副安心無比的模樣好可愛。

「盧各少爺～～我的盧各少爺～～」

她擁抱的力道強得不得了。

塔兒朵帶著笑吟吟的睡臉用臉頰磨蹭我的臉頰，還會張嘴輕咬，彷彿在主張自己擁有我。

睡相能夾帶這些動作，實在靈巧。

雖然塔兒朵本身會掩飾，但她的占有欲非常強，交歡後似乎加深了這樣的心態。

「呼～～我可不太喜歡睡回籠覺。」

無論怎麼做，要下床又不吵醒塔兒朵似乎有困難。

跟洛馬林公爵會面之前仍有段時間，我就好好欣賞塔兒朵的睡臉吧。

◇

塔兒朵醒來後緩緩睜開眼睛。

「少爺早安……咦，啊啊，已經這麼晚了！萬分抱歉，我立刻去準備早餐。」

急忙下床的她跌了一跤。

由於塔兒朵赤身裸體，有許多部位都被看見了。

「冷靜點。有問題的話，我早就把妳叫醒了。昨天妳努力到那麼晚，慢慢來吧。」

「好、好的。」

塔兒朵的聲音變了調，臉開始冒煙，整個人都要燒起來了。

她大概是想起昨晚的事了吧。

昨晚塔兒朵撒嬌的模樣可厲害了。

「對不起，少爺，我投入得忘我了。」

「無妨。妳能感到舒服，我就放心了。何況看到妳縱情享受，我也比較有樂趣。」

「昨天少爺為我做了好多事！下次我會多用功，才能用更多方式服侍少爺！」

「想學的話，我可以教妳各種技巧……自學容易有危險。」

塔兒朵是初次體驗男歡女愛，仍用了許多方式想要取悅我。然而她在這方面的知識只是半吊子，又到處出錯，讓我折騰了一番。

……我曉得是誰搞的鬼。反正肯定是媽教給她的。

媽隨便教了塔兒朵幾招吧。塔兒朵滿臉通紅地接受灌輸，還點頭如搗蒜的模樣浮現在我眼前。

「我會加油！」

「加油前先把衣服穿上。一直看著妳那吸引人的身材可不好受。」

「咦！啊！不會吧，我……對不起。」

塔兒朵用雙手遮著胸部坐到地上。

而我轉身背對她。

隨即有布料窸窸窣窣的聲音傳來。

「請問，少爺說的不好受，是性致勃勃的意思嗎？」

「嗯，沒錯。」

「這樣的話，要不要讓我在早晨服侍一下呢？男人最喜歡這樣了，我是聽乾媽……呃，我在書上看到的。」

塔兒朵究竟是從哪裡學來那些詞彙的？

還有，原來媽要塔兒朵稱呼她乾媽啊？看來她相當喜歡塔兒朵。

「下次再拜託妳吧。重要的是，我肚子餓了，麻煩幫我做早餐。」

「好的，我會做一頓格外美味的早餐。」

塔兒朵這麼說完就起身離開房間。

◇

早餐做好了，我們三個便聚在餐桌旁。

早餐是用培根與香菇當餡料的軟嫩蛋包。

還有香濃的乳酪吐司，搭配蔬菜湯。

「塔兒朵，今天的蛋包煎得很棒。」

「因為有好的材料啊。」

「我也喜歡蛋包用這種做法耶，吃了還想再吃。今天的早餐比平時可口，這也是愛的力量嗎？」

「怎、怎麼會提到愛嘛。」

塔兒朵害羞了。

「蒂雅，我從之前就想問，為什麼妳要像這樣慫恿塔兒朵？」

身為貴族，當然可以多娶幾個妻子，但女性共侍一夫是出於不得已，她們在感情上多是持否定態度。

「有幾個理由喔。」

蒂雅把蛋包送進口中，閉著嘴巴咀嚼完以後才又接著說：

「理由之一，因為我把塔兒朵當成朋友，看她那樣會覺得很可憐。」

「理由之二呢？」

「身為貴族的義務，因為幫助你將血脈傳下去是妻子的職責。最後的理由則是為了你好。塔兒朵無論發生什麼事都會守護你到最後，她就是這樣的女孩子。只要你們相愛，她的心意應該就不會改變。」

「蒂雅小姐，那個，我得不到愛也沒關係啊。」

「或許吧。不過要一直單相思很難受喔。即使妳現在覺得沒關係，將來想法也有可能會改變。所以嘍，我希望你們能好好相愛，這是為了讓盧各有人守護。」

蒂雅將蛋包吃完。

「現在問這件事情會顯得卑鄙，但希望妳能告訴我……蒂雅，假如沒有這三個理由，妳就不希望我跟塔兒朵相愛了嗎？」

「當然嘍。我希望你只愛我一個。」

蒂雅立刻回答。

我無話可說。

「可是呢，我剛才提過三個理由。我喜歡塔兒朵這個朋友，所以希望她幸福，也想確實傳宗接代，還希望有人能用生命守護你。這些全部加在一起以後，就勝過希望只愛我一個的念頭了。啊，塔兒朵，有甜點嗎？」

「啊，有的。今天的甜點是柳橙果凍。」

「不錯耶，端給我吧，量要多一點。」

「我馬上去拿。」

塔兒朵離開去廚房。

「呼～盧各，別讓我說這些啦。實際說出來滿不好意思的耶。」

「謝了。」

「不客氣。你們下午也要加油喔。畢竟我似乎不能跟去，我會一邊研發魔法一邊祈禱你們平安。」

「麻煩妳了。回圖哈德時換一條路吧，有條路可以經過適合約會的觀光名勝。」

「那樣不錯耶。盧各，我很期待約會喔。」

我跟蒂雅相視而笑。

蒂雅總是在為我費心。

我也應該回報些什麼。

◇

到了午後，我跟塔兒朵一同出門。

我的服裝是身為聖騎士的專用禮服，塔兒朵則穿傭人裝。

……這套禮服的做工和料子好歸好，卻不是設計給戰鬥用的，因此防禦性靠不住，更缺乏藏暗器的空間，款式還把美觀視為最優先而有礙活動。

可以的話我並不想穿，但好歹是要在王族面前露臉，除此之外別無選擇。

往後穿這套衣服的機會還會增加，我看就來試著做一套外觀相同又能承受戰鬥的貨色吧。

「請問，少爺有見過洛馬林公爵嗎？」

「沒有直接見過。不過，我知道他是什麼樣的人。能力優秀無比，而且忠心得令人難以置信。」

正因為我始終把委託圖哈德的任務看在眼底，才知道他是何種人物。

善於盤算，準備周到，還有對國家的過人忠誠心。

至今的暗殺委託全都攸關亞爾班王國的利益。

而且在那當中，有的暗殺攸關亞爾班王國的利益，卻也可以惠及洛馬林公爵。

只要暗懷鬼胎稍微對指示的方式下工夫，在可辯解的範圍內就能獲得利益。

可是，洛馬林公爵不會那麼做。他只考量國家的利益來行動。

那不全然代表他是個跟利益毫無掛鉤的清白貴族。

假如最能提升國家利益的計策結果也能為洛馬林公爵帶來利益，他就會那麼做。反之要是能為國家求得最大利益，洛馬林公爵也會斷然採取讓自己蒙受損失的手段。

沒錯，他考量的「只有」國益最大化。

能力傑出得有辦法以國益為重，更值得一提的是對國家的過人忠誠心。

「好厲害的人喔。」

「是啊，所以才恐怖。」

敢於不顧個人利益向前衝。

這表示如果我或圖哈德家會造成國家的損失，他就會立刻切割。

「到了耶。城堡裡居然還有庭園。」

「我聽人提過，卻沒想到自己竟會踏進這裡。」

我們來到位於王城內的庭園。

冠上國名的亞爾班花園被形容成世外桃源。

本國宣稱為世上最美的一處場所。

隨季節蒐羅應景的美麗花卉，將各種不同的花搭配在一起以助於將美發揮至極，為了烘托花朵更不惜運用美術品及寶石等物做陪襯。

為了與花卉達到調和，連內部裝潢都會隨季節轉換全套更換。
世上最美又最為奢侈的空間。
因此能進入的人非常有限。
……選擇在這裡會面，應該是為了避免被任何人聽見談話的內容。
塔兒朵一進到裡頭就忘卻了話語。
因為太美而看得入迷，甚至讓她失了魂。
我也有相近的反應。
真希望能帶蒂雅過來。
「聖騎士大人，這邊請。」
有傭人為我們領路。這名傭人也是高階貴族的千金。要進入此地必須有相應的身分地位，塔兒朵則是身為聖騎士的隨從才破例獲准。
我們被領到位於庭園中的涼亭。
所以是要在這裡品茶、賞花並且談話嗎？
有兩名先到的訪客。
「法麗娜公主、洛馬林公爵，聖騎士大人及其隨從到了。」
我跟塔兒朵一同上前，塔兒朵隨侍於我的背後。
於是，那兩位先到的訪客——

長著唯有王室成員才有的奇妙桃紅色頭髮的十多歲少女，以及髮色若以金色來形容實在耀眼得好似將黃金直接鎔成髮絲的三十歲男性，轉向我們這裡。

可以說兩位都長得太過美形，近乎非人。

這也難怪。王室與洛馬林公爵家正是被如此塑造出來的存在。

「初次謀面，我是圖哈德男爵之子，現任的圖哈德，名叫盧各．圖哈德。」

我屈膝下跪，低頭問候。

雖然我尚未成為男爵家的當家，卻已經接任暗殺者的工作。

「還請你抬起臉龐。」

我照著公主吩咐抬起臉。

「哎，多麼俊俏的男士啊。在派對上遠遠望去時都沒有發現呢。」

「性急成這樣有失莊重喔。盧各小弟，來得好。我從祈安那裡聽過你的事情。據說你可是圖哈德家的翹楚之作……如今成為聖騎士，就難以論斷是喜事或憾事了。」

「我會及早消滅魔族，以期盡到圖哈德的本分。」

「有出息。就座吧，我為這一天準備了上好的茶葉。」

我就座以後，便有傭人奉茶。

茶的氣味聞起來有印象。

「怎麼樣？我啊，最喜歡這種香味呢，令人心曠神怡。」

「我也跟公主一樣。是否能喝到這種茶，工作起來效率截然不同。哎呀，盧各小弟，怎麼了嗎？莫非你討厭這種香味？」

「不會，我喜歡。這是由歐露娜開始經銷的茶葉吧。」

原本就是為了讓工作有勁，我才按照喜好調配出這種茶葉。

我當然喜歡。

「原來盧各大人也曉得啊。我啊，最喜歡歐露娜了，無論是化妝品、茶點或茶葉，都令人愛不釋手。噹噹～～這是我的白金會員證。」

白金會員可以定期收到比門市貨檔次更高一級的商品，要支付高額會費才能有這種服務。

歐露娜是超人氣店家，商品陳列於門市沒多久便會銷售一空，因此就算開銷較高，能穩定取得商品的白金會員制度仍受到歡迎，顧客申請踴躍。

我知道法麗娜公主是會員。還有，洛馬林公爵的妻子跟女兒也都是會員。

不過，對方向我……歐露娜品牌代表伊路葛．巴洛魯端出這種茶，可會是巧合？

「我是因為母親有加入會員，自然就喜歡上歐露娜的商品了。」

「盧各大人，我跟你似乎合得來呢。啊，說到這個，歐露娜下次要在王都召開新作發表會耶，是我硬要拜託他們舉辦的。據說品牌代表伊路葛．巴洛魯不克前去，但是擔任代理代表的瑪荷小姐會到場。我嚇了一跳呢，沒想到跟我年紀相仿的女生竟然會在遠近馳名的歐露娜擔任代理代表。不曉得她是個什麼樣的人，真令人期待。」

桃紅色少女帶著嬌憐如花的笑容望向我。

我也知道王都要辦新作發表會。

目前歐露娜的產線供不應求，並沒有意願將資源分在拓展新客源的活動上。

原本想拒絕，卻受到上層施壓而敲定了要舉行。

「法麗娜公主，差不多該進入正題了。盧各小弟都一臉傻眼嘍。」

「伯伯，對不起，我看著盧各大人就失了分寸。那麼，應該來談正題了。咳，我要委託的並非聖騎士，而是身為暗殺貴族的你。請殺了我哥哥。那個人已經無藥可救。他被葛蘭費爾特伯爵夫人迷得骨氣全失，淪為受操控的傀儡，對這個國家來說已成禍害。要矯治似乎也沒有辦法，因此希望你能將他處分掉。」

嬌憐的笑容依舊如花。

對方語氣跟先前稱讚歐露娜的茶一模一樣，好似在閒話家常，嘴裡提到的則是要我殺害她的哥哥。

Episode8

第八話

暗殺者接受委託

The world's best assassin, to reincarnate in a different world aristocrat

「意思是要我殺害王族？」

殺害王族的罪行重大。

畢竟在接下委託的時間點就等於對王族有殺意，即使被抄家滅族也怨不得人。

「是的，為了這個國家好。」

「理由在於王子被葛蘭費爾特伯爵夫人迷得骨氣全失，但是光這樣就下殺手，會不會操之過急？」

「不，除去他的理由十分充足。我哥哥有點古怪呢，若只是多少給情婦行方便或者花錢供養倒還無妨，但他似乎加入了貴族派的陣營。王子做出這種勾當，會導致王國派與貴族派的勢力失衡。」

「這就無法置之不理。那麼，敢問希望我殺的王子是哪位？」

即使統稱王子，光是對外發表的便有五位。

連私生子在內則有十二位。

問題嚴重度也會隨著殺害的目標是誰而全然不同。

「第二王子利克勒。」

大人物。下一任國王不是長男就是次男，眾所公認。

原本脫穎而出的是身為長男，實際功勞也卓越超群的第一王子。

不過利克勒在近年有了顯著的活躍，已經成為對抗人選。

「起初，我們曾規劃讓利克勒王子成為下任國王。他的性格直率好懂，便於操控。不過正因為這樣，才會被葛蘭費爾特伯爵夫人看上吧……這當中有詭異之處。性格直率歸直率，但他並不是傻瓜，即使陷入情網，為此叛國仍有悖常理。想得到的可能性包含洗腦、下藥，手法有許多種，不過唯一可以肯定的就是他已回天乏術。」

我本來還在想王室切割得太快，原來狀況嚴重到不得不如此處置了嗎？

要及早除掉他，我也能夠認同。

王子淪為魔族傀儡這種事絕不能容許。

值得我以圖哈德的身分動刀。

「由於任務內容是如此，才由法麗娜公主親自委託嗎？」

「是的，光由伯伯交派任務的話，你會懷疑伯伯有意顛覆國家吧？」

「合乎於理。那麼，我有一大疑問，能否允許我提出質疑？」

「好啊，你請說。」

說來略嫌狂妄，但問題規模如此龐大，有件事我不能視若無睹。

「這事非得由王室直接委託才行——儘管兩位這麼想，為何卻沒有請來法麗娜公主，而是派替身出席？這種做法更會引起猜忌。」

法麗娜公主先是表情僵住，然後才緩緩露出微笑。

那跟先前的笑容有所不同。先前固然給人嬌憐的印象，卻有幾分造作氣息。不過，現在這副笑容屬於有生氣的表情。

「……請問，你為何會覺得我是冒牌貨？」

「看頭髮。唯有王室女性才有的桃紅色頭髮。那證明了妳是冒牌貨。」

「這分明是桃紅色啊。」

「是的，那正是跟法麗娜公主相同的髮色……不過，聞得出有一絲染髮劑的氣味。妳似乎用了香水掩飾，但我能分辨。妳那頭髮是染出來的。如果是公主本人，應該不會這麼做才對。」

倘若不是我，就不會發覺吧。

然而，暗殺者為了避免遺漏任何蛛絲馬跡，便會鍛鍊五感，時時觀察周圍。

應由王室直接委託的案子，來的卻是冒牌貨，我該懷疑自己碰上了圈套。

「呵呵呵，啊哈哈哈，穿幫了啊。連在國王陛下面前都不曾穿幫呢。果真厲害，圖哈德家的翹楚之作，盧各．圖哈德！父親大人，我很中意盧各大人喲。」

「妮曼，現在揭底不嫌太早嗎？」

「不要緊喲。畢竟這一位連我的身分都已經察覺了。」

妮曼。對方是洛馬林公爵的獨生女。

在學園裡相當於學姊的人物。

「洛馬林公爵，請問這究竟是怎麼一回事？」

「失禮了，我們是要稍微測試你。誰教祈安對你實在誇讚有加呢。我毫無假冒王室名義欺騙你的意思。口說無憑，讓我向你證明吧。」

公爵背後的傭人隨著這段話走上前。

她摘下假髮，並且用濕毛巾擦臉，卸掉濃妝。

於是桃紅色頭髮露了出來，有個長相與眼前的妮曼一模一樣的人物出現。

「幸會，我才是法麗娜。對不起，之前我是反對他們這樣惡作劇的喔。」

「可是以結果而言，好在我們知道了盧各大人的本事，對吧？我來介紹，這位就是法麗娜公主。然後，我是妮曼．洛馬林，負責擔任她的替身。」

「幸會，法麗娜公主。我是盧各．圖哈德，往後請多關照。」

我從座位起身，並且下跪向王族示忠。

「剛才你也盡過禮數了，請起吧。之後的事讓洛馬林公爵來交代。」

法麗娜公主點了點頭向我回禮。

為人謙遜的公主。這樣可分不出誰才是替身。如此比較來看，即使撇開化妝易容的效果不提，她們倆仍極為相像，簡直跟雙胞胎一樣。

洛馬林公爵朝著困惑的我笑了笑。

「妮曼跟法麗娜公主很像吧。她們相當於堂姊妹，所以嘍，法麗娜公主才會稱呼我伯伯。」

「相像到這種程度，要喬裝當替身想必不難。」

「是啊，你是第一個看穿的。如你所見，這確實是來自王室的委託。放心了嗎？」

「姑且算吧，不過我有疑問。洛馬林公爵家為何會站在法麗娜公主這一邊呢？投靠公認會繼任王位的第一王子或第二王子才自然吧。」

「這個嘛，是出於我的朋友，也就是國王陛下所願。按照陛下的說法，法麗娜公主最為優秀，卻因生作女兒身而無緣稱王。陛下便託我幫忙設法，希望讓法麗娜公主發揮己身能力……我認為可以替公主找個夫婿，卻遲遲找不到好對象。所以嘍，我選擇第二計策——操控第二王子。助其立下功勞後……第二王子的發言力才獲得提升就出了這種狀況。」

原來是這麼回事。在這個國家能成為領袖的只有男性，情非得已之下，公爵準備了棋子充數，如今卻被搶走。這樣的話就只能把人除掉了。

「我明白了。假如我拒絕這項委託呢？」

「那就別想全身而退。你知道太多不該知道的祕密了。何況，你應該體會到了現場端出歐露娜的茶葉，還提到瑪荷名字的用意。」

「是的，我大致了解。」

……伊路葛·巴洛魯和我是同一人物這件事會穿幫，令人難以置信。

公爵為何會發現？不，得刺探對方到底有無把握。保險也有可能發揮效果。

當我穿插閒聊來應付時，他便談起我想得知的答案。

「你跟瑪荷是情侶吧。圖哈德家跟歐露娜已經被查出有生意往來。不僅如此，瑪荷更著迷於盧各·圖哈德，還不惜動用歐露娜的資產支援你。非親非故的人不會做到這個地步。而且，日前她專程到派對與你相聚，可見你們倆之間必然有關係。」

我放心了。看來我設的保險順利起了作用。

瑪荷跟我有關聯這件事是穿幫也無妨的。

應該說，這是為了掩飾伊路葛真面目的障眼法。

假如從歐露娜與圖哈德之間的聯繫被人發現盧各＝伊路葛的事實，難保不會造成致命傷。因此，我故意安排了證據……讓擔任代理代表的瑪荷供養我，還把事情包裝得像是出於私人情感。

人們找到答案就會停下腳步，而無意願探出更深的真相。

「表示我無處可逃呢。我願意接下任務，不過我需要支援，更需要相應的準備，無法在當下立刻動手。」

「我明白。期限是兩個月。我這邊會提供利克勒王子的行程表，就照你規劃的時機下殺手吧。」

「這樣事情就談完了嗎？」

「嗯，起初的預定是如此。盧各小弟，我有一項提議。若你不嫌棄，有沒有打算跟我的姪女結婚？」

「公爵說的姪女，該不會是──」

「當然就是法麗娜公主。既然失去了第二王子這顆棋子，我們必須盡快找新棋子。你是個好人選，既傑出又靈光，兼具聖騎士與【天選者】頭銜。憑現在的你，就攀得上法麗娜公主。能夠成為下一任國王，我倒覺得對你來說也不是壞事。」

「父親大人，那太棒了。我認為法麗娜公主和盧各大人很相配喲。」

「倘若盧各大人願意，請務必促成這門婚事。我對你有相當的了解。」

公主會說有相當的了解，應該是查清我底細的成果吧。

「請容我保留答覆，這是為了彼此著想。」

我想拒絕，但拒絕的話就會惹是非。

所以我用了為對方著想的說詞來迴避。

事實是暗殺敗露之際，法麗娜公主跟我有關聯的話，也會跟著痛失一切。

「你真是溫柔呢。我越來越中意你了。」

「法麗娜公主，結婚以後，請妳要常常將盧各借給我喲。身為洛馬林公爵的千金，我需要他。父親大人也會贊同吧？」

「他是如此有能耐的男人，我不可能反對。」

妮曼提到的借，恐怕就是指借種。

為了生育更優秀的後代，每個地方的貴族或多或少都會挑選配偶，努力將更優秀的血統納入家門。

然而，洛馬林公爵家就做得過火了。

公爵家會運用所有能力以取得優秀基因。

他們正是用這種方式不停吸納優秀的血統，一路將人類的品種改良至今。

其結果就在眼前，洛馬林公爵以及妮曼。

兩邊都美得近乎非人，而且能力出眾。

「關於那方面的事，改日再談吧。」

「那就等暗殺結束以後再麻煩你嘍。還有，等學校恢復上課，我會再過去問候的。到時候你可不能不理我喲……在宿舍那樣的環境，感覺也有點刺激呢。」

妮曼笑了笑。那屬於不造作的笑容。

我被不得了的女人看上了。

……令人寬慰的是，最起碼以洛馬林公爵的情形來說，基因之外的東西並非他們家所求，因此在最糟的情況下，我只要跟對方上床就可以了事。

不過，我是打算能躲就躲。

畢竟塔兒朵正鼓起腮幫子，一臉泫然欲泣地看著我。

Episode9

第九話 暗殺者識破

The world's best assassin, to reincarnate in a different world aristocrat

跟洛馬林公爵以及法麗娜公主的密會結束後，我回到房間，蒂雅便出來迎接。她難得幫忙泡了茶。這應該是在體貼我身後心情消沉的塔兒朵。

「辛苦你們嘍，盧各看起來跟平時一樣，塔兒朵卻顯得心力交瘁耶。」

「嗚嗚嗚，我覺得好累。雖然我一句話都沒有說，可是氣氛緊繃得不得了。」

「塔兒朵不擅長應付那種場面嘛。所以呢，這一趟有聽見什麼新鮮的事情嗎？」

蒂雅的目光是朝著我看過來。

「嗯，有聽見新鮮事，我打算跟妳談談。」

公爵准許我跟暗殺隊伍透露任務的內容，因此我一邊喝茶一邊說明。

「為什麼目標會是第二王子呢？從你說的聽起來，挑葛蘭費爾特伯爵夫人下手比較好吧？那樣說不定可以讓第二王子恢復正常，也比殺王子輕鬆多了啊。」

「我想得到幾個理由。第二王子以往都是洛馬林公爵和法麗娜公主的傀儡，正因如此，他知道公主這邊會使用的手法。就算欠缺證據，王子也能猜到是誰下的命令……這麼一來，愛人遇害的憤怒將指向法麗娜公主。」

雖然說第二王子終究是傀儡，然而要比對外發表的功績及權力，他仍凌駕於洛馬林公爵與法麗娜公主。

假如他在失控後起意以牙還牙，那兩人便無法安然抽身。

「或許確實是那樣呢。」

「應該還有其他理由吧。那兩個人並不認為受到誘惑的只有第二王子……先除掉危害最大的第二王子，度過難關再來觀望情勢。假如在不明白有幾顆棋子失靈的狀態下就殺了葛蘭費爾特伯爵夫人，對方的棋子一旦反撲，這個國家便完了。愛是很可怕的，用道理講不通……如果狀況已變成不殺葛蘭費爾特伯爵夫人就必定亡國，我自會動手，但目前並非如此。葛蘭費爾特伯爵夫人中意這個國家，打算藉此享樂。那兩個人也已經摸清對方心理，才做出了這種判斷。」

我想這也是葛蘭費爾特伯爵夫人，亦即蛇魔族米娜的策略之一吧。

一手導出不會輕易被殺的局面，即使將來換自己遭殃，也能靠魔族之力強行突圍的雙重布局。

說來令人懊惱，但現狀是蛇魔族米娜隨時都能搞垮這個國家。

「好精明的一夥人。」

「是啊，其血脈令人畏懼。洛馬林家志在追求人類的進化，最終目的是要成為真正的完人。反覆努力了幾百年的成果，就是洛馬林公爵及法麗娜公主。」

「從人類進化後還是人類，會不會很奇怪啊？」

「價值觀是不同的。在他們看來，目前的人類並未完成也不完美，所以要收集完美的部分，加以磨練，才能成為真正的完人。這便是他們的觀念。」

世人往往都將注意力擺在品種改良的部分，但是洛馬林家對教育也不遺餘力。他們也花了跟品種改良同樣的時間在教育上面。

「唔哇，誇張到這種地步就有點不敢領教了。」

「洛馬林家留下了許多傳說，首先呢……」

由於有知名的逸事可談，我便告訴蒂雅和塔兒朵。

比方說，公爵家光是為了獲得優良血統，單靠家族裡的戰力發動戰爭就消滅了一個國家。

時任洛馬林當家之人若是男性，就會接二連三將優秀的女子弄到手，並且讓她們懷孕；如果是女性，則會毫不排斥地跟好幾個優秀的男子交合，無論主持家族的人是男是女，他們都會接連生育子嗣。

如此這般，在生下來的後代當中，最為優秀的孩子會被拱為下一任的洛馬林，其餘子嗣則會成為優秀的家臣，效忠於嫡系宗親。

所有家族成員都嚴守著這套規矩。

「好驚人喔。」

「即使待在盧各少爺後面，我還是會怕。那些人身上的氣質就是這麼與眾不同。還有，他們知道瑪荷小姐的事情，也讓我嚇了一跳。」

「驚訝歸驚訝，僅有那點了解的話就無妨。我跟瑪荷的情侶關係是我們用來混淆視聽的情報。畢竟人們發現我方掩蓋的祕密以後就會感到放心，並不會進一步發掘當中的真相。」

我跟瑪荷有情侶關係這一點是假的情報。

只要頂尖的諜報機關動真格行動，就可以發掘到這層隱密關係。

發掘越是花工夫，越能增加情報的可信度。對方會認為情報藏得如此隱密，想必是真的。

再者，我跟瑪荷的關係看起來確實有那麼一回事，歐露娜和圖哈德家之間的交易更是應該隱藏的情報。抓到我這些把柄就足以讓對方滿意。

正因為這樣，伊路葛·巴洛魯跟我是同一人物這項致命情資才能藉此保住，未讓人發現。

「盧各，你依然準備周到呢。不過單方面被人這麼擺布好像也挺不是滋味的。即使你藏起了最重要的情報，歐露娜或瑪荷被人找麻煩的話，後果仍舊會很慘痛。難道對方就沒有什麼把柄嗎？」

「有。在剛才的會談中，我發現了法麗娜公主和洛馬林公爵的祕密。」

「唔哇，虧你有辦法。」

對方應該連祕密被我發現都沒有察覺吧。

因為有這雙魔眼，我靠著圖哈德之眼才發現了一件事。

在此我道出這項祕密。

「法麗娜公主的父親是洛馬林公爵。」

「呃，盧各少爺，洛馬林公爵的千金擔任替身這件事固然是祕密，可是對他們無法構成威脅吧，再說王室裡的人應該都曉得。」

「妮曼是洛馬林公爵的女兒沒錯，不過法麗娜公主同樣是他的女兒。那兩個人是雙胞胎喔。」

「咦！咦咦咦咦咦咦咦咦咦！」

塔兒朵驚叫出聲。

「這雙眼睛看得見魔力。魔力各有其顏色，若是親子，魔力的顏色就會相像到一定程度，雙胞胎的話則會幾乎一致……表面上，法麗娜的母親招贅的丈夫是洛馬林公爵之弟，然而法麗娜公主的父親肯定就是洛馬林公爵本人。」

我不清楚他們究竟為什麼要做這種拐彎抹角的事，但我有把握就是如此。

跟王族偷情，而且不只發生過肉體關係，還生了小孩，這件事可是天大的醜聞。

……洛馬林公爵讓王女產下雙胞胎，將天生有櫻花色頭髮證明其身為王族的法麗娜留在王室；無王族證明的妮曼則收養為自己的孩子。

難怪他會擁護法麗娜，畢竟是自己的女兒。

那並不是出於父愛。法麗娜公主本身對追求真正完人的洛馬林家來說，就是一項達成家族夙願的利器。

「神經正常的人才不敢跟王族偷情。盧各，你被這種人盯上是不是慘了啊？倒不如說，既然要找對象，跟勇者配一對就好了嘛。比技術固然是你高人一籌，但對方要的是身為生物的先天性優勢吧？」

這樣啊，原來蒂雅還不曉得艾波納是女的。

不過就算艾波納是男的，洛馬林公爵應該也不會選他。

「不，洛馬林家追求的是真正完人，勇者及魔族則屬於怪物，並沒有被視為人類。他們追求的是人中極致，踏出那個範疇的話就會淪為怪物。」

如果只想要力量，從魔族、魔物一類的強大生物採納基因就行了。

……儘管成功案例僅在少數，仍有想要力量的家族這麼做。

但是，洛馬林家沒有選擇這條路。

他們厚愛人類。正因為厚愛，才肯相信當中的可能性並下賭注。

「這樣啊。盧各，不然你就成為勇者吧！」

「蒂雅小姐，這是好主意。如此一來，少爺就不會再被盯上了！」
「……當勇者有那麼簡單的話，我就不必費工夫啦。」
連女神都只能在全世界孕育出一名那樣的異類，人類是無能為力的。
「總之呢，這樣在王都要辦的事就結束了。我們先回圖哈德領。」
「請問，我們不用去暗殺第二王子嗎？」
「要現在立刻動手倒不是不行，但風險太高。殺害王族之罪就算沒證據，一旦被懷疑即可判處死刑。應該要有完善的準備。」
「是喔，那我們終於能回去嘍。」
「好高興喔。我開始在意菜園變得怎麼樣了。」
「先不提塔兒朵，蒂雅不是挺中意這裡的生活嗎？」
「是很方便，但缺了工坊就無法讓研究有進展啊。」
……工坊。那是蒂雅將圖哈德屋邸其中一個房間完全改造後的魔境。
研發魔法是透過改寫術式來進行，我並不了解蒂雅為什麼需要那樣的房間，然而她卻藉此拿出了實質的成果，所以我也無從抱怨。
下次再跟蒂雅要求，看看她都在裡面做些什麼吧。
「是嗎？回去以後也有得忙喔。上次跟魔族交手相當驚險，所以我們必須變得更強。有兩件事要做。第一件事是鑑定紙總算收到了，用這個檢視過妳們倆的技能，再視技能內容來重新評估戰鬥風格。」

「啊，少爺終於將鑑定紙拿到手了耶。」

「那東西，我早就想試一次看看了。」

我是憑聖騎士權限索取，不過對方那邊似乎也出了岔子，苦苦地等到現在才總算送達。

視她們倆持有的技能，辦得到的事情也會增加。

「另一件事，就是將我們持有的【可能性之卵】化為技能。這是反映出我們內心的一面鏡子，必然會化作我們所需的技能。」

讀取該名人物的生存方式、渴求等特質，進而變化成合適的技能。

視情況，也有可能變成S級技能。

正因為這樣，我才選了它。

希望下次與魔族交手前就先取得新的技能。

「盧各，可是那顆卵要怎麼用才會變成技能呢？」

「我也不曉得要怎麼用耶，盧各少爺。」

「其實我也不知道。目前我正在調查，但我們一起多摸索看看吧。」

問問看艾波納好了。

這原本是她的技能，或許她會知道些什麼。

離開王都前先去打聲招呼吧。

……何況我還有關於諾伊修的事要拜託她。

諾伊修那股對力量的渴望，再加上蛇魔族米娜也中意他。

我難免對他感到牽掛。

Episode10

第十話 暗殺者得知蒂雅的技能

The world's best assassin, to reincarnate in a different world aristocrat

我們從王都回到圖哈德領。

「嗯～～想念已久的家園。」

蒂雅剛進屋邸就一邊這麼說一邊伸起懶腰。

「啊啊，盧各你居然笑我，好過分！」

「抱歉，我不是在取笑妳。因為妳的反應太自然，彷彿真的成了圖哈德家的人一樣，所以我覺得很欣慰……妳們倆搭馬車長途旅行都累了吧？午餐前先好好休養身體，下午要來使用鑑定紙。」

「感覺好緊張喔，希望會有厲害的技能。」

「是啊，有強大技能就可以幫少爺更多忙了。」

我們在馬車裡聊的盡是這回事。

……我也先回房間吧。

在變忙碌以前，我有件事想先處理。

◇

我們享用了媽媽做的午餐，然後在訓練場集合。

我把看似普通白紙的道具交給塔兒朵還有蒂雅，這就是鑑定紙。

「盧各少爺，正好有三張呢。」

「我們數一二三，同時用吧。」

「我不必了。」

「咦咦咦，為什麼？」

「之前我用過，已經知道自己有什麼技能了。」

精確來講是女神在讓我重生前告知的。然而，我總不能對她們透露這件事，只好敷衍過去。

「唔哇，好詐喔。不過，你為什麼還要拿三張呢？」

「若非這種機會也弄不到手，我打算留一張預備。」

目前我的暗殺團隊包含塔兒朵、蒂雅、瑪荷在內，有四個人。

瑪荷並不是實戰人員，因此確認技能的必要性較少。

然而即使沒有規劃，往後成員仍有可能增加。

「哦～～留給新同伴啊。假如下次又是個可愛的女生，我也許會稍微懷疑你都是故意找女生加入。」

「或許會有吧。我對同伴重視的是人格與能力，性別在考量範圍外。以往是如此，以後也是如此。」

無庸置疑的事實。蒂雅會來當我的師父是出於巧合。

在圖哈德領四處尋找有魔力的小孩，途中遇見塔兒朵也是巧合，在穆爾鐸的孤兒院遇見瑪荷亦然。

我一次也沒有找過女同伴。

「雖然我知道你的想法，但至少慌張一下嘛。以前的盧各明明更可愛耶，總是會跟在我後面，口口聲聲喊姊姊。」

沒有那種事。蒂雅在胡亂捏造我們的過去。

「總之，麻煩妳們都使用鑑定紙。將意念灌注在紙上就能用了。」

「終於要揭曉了呢……沒有技能的話，該怎麼辦呢？」

「蒂雅小姐，我沒有自信耶。再說我也沒有什麼長處。」

「妳擅長烹飪啊。」

「如果好不容易發現的技能是烹飪，我反而會失望……」

有別於剛才的滿心期待，一旦要用似乎就連不安的情緒都湧上來了。

即使如此，她們倆好像仍懷有期待，便鬧哄哄地一邊講話一邊抓緊鑑定紙將意念灌輸進去。

於是，技能和說明的文字浮現在紙上。

這已經不能用物理法則、魔法理論或科學結構一類的理由來說明。

可謂神祕現象或奇蹟。

能製作這種鑑定紙的人非常有限，還受到嚴密保護。

甚至有製作者並非人類的傳言。

像這樣實際目睹鑑定紙的使用場面，我會覺得傳言屬實。

這種東西，人類不可能做得出來……就算出自人手，肯定也有借助某種超常力量。

「呼～～不是白紙就代表有技能嘍。我有三項。」

「我也有三項。」

蒂雅和塔兒朵各自拿著鑑定紙趕來我身邊。

「我們到那裡慢慢看吧。」

我在訓練場備有的桌子上攤開鑑定紙。

先從蒂雅開始。紙上寫著她所具備的技能。

看來鑑定紙並沒有記載用【追隨我的眾騎士】得到的技能。

「過去我都以為魔法是自己的長項，原來有這種技能啊。上面還寫了天才，哼哼，我可是天才喔！」

「這鳌清了許多事情。畢竟蒂雅對魔法的掌控實在異於常人……」

蒂雅具備A級技能、B級技能、D級技能各一。

百萬人當中才會出一個具備A級技能的人。

光是這樣，蒂雅已屬於特殊的存在，她還具備萬人中僅一人可得的B級技能，簡直可說是奇蹟。

・【虹色魔法士】

A級。

魔力掌控、魔力釋出量可獲得加成。

此外，還能隨意變更為自己擁有的屬性。變更步驟是唱誦所要屬性的魔法。變更之後一小時內無法再變更。

・【天才】

B級。

會成為運算力、思考力、記憶力、創造力出色的天才。

・【抗老化】

D級。

第二性徵發育期過後，可抑制老化的速度。

【虹色魔法士】算是一項亮眼的技能吧。

魔法的精密度及威力都能獲得提升，還可任意變更屬性。

我有四種屬性可用，但是光與闇就不行了。

然而，蒂雅連性質特異的光與闇屬性都能使用。

「好厲害喔。蒂雅小姐的技能感覺都又強又方便！」

「但我以往或多或少浪費了這些天分就是了。我根本不曉得屬性可以交互切換呢，畢竟我用魔法從來沒想過要試著唱誦自己不會的屬性。」

「我想也是。除了蒂雅以外，應該還有很多人不知道技能發動的條件而暴殄天物。幸好這次用了鑑定紙。天才也是令人羨慕的技能。」

【天才】是泛用性非常高的技能。

重生前我甚至苦惱過這跟【成長極限突破】要怎麼抉擇。

「……可是，心情有點複雜呢。我以為自己是靠著努力才能唱誦驚人的魔法，也把創出的魔法當成自己努力的成果。可是，像這樣得知技能內容以後，才發現那些都只是託技能的福。」

「這就錯了。妳擁有的終究只是天分。即使有天分，不加以發揮就沒有意義。努力至今才有現在的妳，而我對妳是抱有敬意的。」

即使有天分，沉溺其中就什麼也無法成就。我看過好幾個像這樣的人。

要正確發揮天分相當困難，只有一小撮人辦得到。

「盧各，你有時候講話好做作喔。」

「……唔，這我有自覺。」

「不過，謝謝你嘍，我聽了好高興。趁這個機會，我想立刻來嘗試切換屬性。既然要換，我想換成光或闇屬性。再說其他魔法，我跟盧各都已經試過一遍了。」

以往我們在創造新魔法之際，都會分析既有的魔法，導出其中法則，再研發自己原創的魔法。

我跟蒂雅分工合作，幾乎學遍了四種屬性的魔法，並且以此作為分析材料。

然而，性質特異的光、闇就毫無接觸。

變更屬性以後，只要多唱誦光與闇的魔法來習得新招，應該就能發現新的法則。

「我有認識的人會用光魔法。寫封信請對方將光魔法的術式寄過來好了。」

「嚇了我一跳，原來有這樣的人啊。」

「嗯，我最近認識的。」

……對方是最近才見過面的人物。

那個人就是妮曼，洛馬林公爵的千金。

她懂得使用光魔法，罕見的能力讓她有了光輝才媛的別名。

塔兒朵瞥了在後面聊得起勁的我們倆，眼睛則是直盯著蒂雅的最後那項技能。

「【抗老化】，好讓人羨慕的技能喔，可以一直保有美貌。我覺得這一定比較能讓少爺開心。」

「暫且不提我是否會開心，任誰都不想變老吧。了不起的技能……維科尼家的女子莫非都遺傳了這項技能？照我看，媽絕對具備這項技能吧。」

我腦海裡浮現了母親明明超過四十歲，卻可以佯稱未滿二十的容貌。

曾聽說有少部分特殊的家族會遺傳技能。

倘若如此，母親青春永駐的容貌就能獲得說明。

「我們家族的女生全都青春永駐，這我無法否認。但是，或許我用不著這種技能。畢竟我長成這副模樣，一定就是它害的！個子矮，胸部又長不大！雖然我不清楚什麼叫第二性徵發育期，可是不會老就等於不會成長嘛。只要沒有這項技能，我也可以長得跟塔兒朵一樣。」

蒂雅怨怨地來回看著鑑定紙和塔兒朵的胸部。

……我刻意不提，但是第二性徵發育期大約是到十七八歲為止。

技能在目前的時間點不可能帶來負面影響。

「啊哈哈哈，蒂雅小姐，可是大有大的辛苦喔。」

「……長得大的人都這麼說。總之，我鑑定的結果分享完了，改看塔兒朵吧！」

「好的，這是我的鑑定紙！太好了，我也有鑑定出A級的技能！」

塔兒朵的技能有A級、C級、D級三種。

不只蒂雅，連塔兒朵都具備A級技能。

這八成不是巧合吧。

或許女神有介入些什麼。

儘管存有疑點，具備A級技能仍是純粹可貴的。

功效強大的技能……而且饒富趣味。

看到塔兒朵的技能時，我由衷覺得這項技能跟她極為相稱，不小心就露出了苦笑。

Episode11

第十一話

暗殺者得知塔兒朵的力量

The world's best assassin, to reincarnate in a different world aristocrat

調查完蒂雅的技能，終於輪到塔兒朵了。

「我有一項帥氣的技能！」

「與其說帥氣，不如說跟妳相稱。」

「嗯，感覺跟塔兒朵太貼切，甚至令人害怕呢。」

我們三個一起端詳鑑定紙。

上面記載的項目已將【追隨我的眾騎士】賦予的技能剔除。

・【僕從獻身】

A級。

與本身靈魂認同的主子訂下契約即可發動。

契約需在雙方黏膜接觸後確認主僕的關係成立，經過同意才會執行。若非發自靈魂認同的對象就會失敗。主子無法變更。

能力發動期間可強化本身與主子的所有能力。此外，主子死亡時可奉上自身性命助其甦醒／康復。

・【槍術】

C級。

裝備長槍時，體能及使用長槍的攻擊威力、速度、精準度可獲得加成。

・【努力】

D級。

努力的天分，不惜努力的性格。集中力、精神力較易恢復。

「【僕從獻身】，雙方是異性倒無妨，同性的話要怎麼動用這招啊……」

「很簡單啊，男生跟男生接吻就好了。」

「蒂雅這麼說是沒錯啦。」

……這也屬於要曉得內容才會發動的技能。

畢竟到頭來，技能持有者得跟自己所認的主子發生密切關係才行。

而且做完那碼事，還要特地跟對方趕著確認主僕關係，我無法想像那種情境。

「請聽我說，盧各少爺，我覺得這項技能應該立刻啟用！畢竟這樣我和少爺就可以一起變強了！」

塔兒朵用懷著期待的眼神看我。

的確，技能啟用條件嚴格，能強化兩人份的所有能力也就顯得相對優渥。

跟其他A級技能相比仍格外突出，應該是因為某方面來講屬於消耗品。

定為主子的人物不能改變。主子一死，屆時這項技能就完全廢了。人心本來就游移不定，一度信任過的主子或許也會變得無法信任。

還有效果並非恆常強化，只會在發動期間強化也是個缺點。

正因如此，才會跟【追隨我的眾騎士】有區別而歸為A級吧。

「塔兒朵，跟我約定一件事。強化所有能力應該要積極運用。」

「好的！」

發動時以及發動中的體力／魔力消耗、強化幅度需要驗證，可是沒道理不用。

不過……

「後半，奉上自己的性命救我。妳要跟我約定不使用這項能力。」

以技能名稱來想，這肯定是著重於後者的技能。

然而，我並不希冀那種效用。

「……對不起，我沒辦法跟少爺約定。畢竟如果遇到那種狀況，我絕對要用的。我不會對盧各少爺說謊。」

塔兒朵低頭細語。

「那麼，我就不能跟妳訂下契約。」

塔兒朵已經不是單純的道具。我不需要以犧牲家人當前提的技能。

「盧各，這樣會不會有點奇怪？」

「哪裡奇怪？」

「表示你不想讓塔兒朵犧牲，才不用那項技能。動用那項技能是在你死的時候吧。難道你打算尋死？」

「我沒有那種打算。」

「那就不用介意了啊。有【僕從獻身】可以讓你們變強，減少喪命的可能性。明明沒有尋死的打算，卻顧慮到死後的事，有力量不用還提高自己喪命的風險，未免也太奇怪了。」

蒂雅的說詞毫不避諱，可是有道理。

「盧各少爺！」

我看向塔兒朵那邊，就發現她用下定決心的眼神望著我。然後她把手繞到我的後腦杓，硬把嘴唇湊過來。成人之間的吻。

要躲的話躲得開。

不過，看見塔兒朵的表情，使我喪失了那種念頭。

漫長的吻結束。

「請少爺成為我的主人。然後，為了避免讓我喪命，請少爺不要死。即使沒有這項技能，少爺死掉的話，我也活不下去。」

為了避免讓塔兒朵喪命而別死嗎？

……真狡猾耶。被她這麼說，我不就無從逃避了嗎？

「我明白了。鄭重拜託妳，成為我的僕從吧。」

講出這句話的瞬間，我和塔兒朵的靈魂就被某種熱流聯繫在一起了。

主僕的牽絆。我們被這層關係牢牢地相繫。

我可以從靈魂感應到塔兒朵。

「盧各少爺正在流入我的體內。我感覺到現在可以用這項技能。【僕從獻身】。」

塔兒朵發動技能了。與此同時，我更加強烈地感受到她的存在。

體能、魔力、動態視力、反射神經、思考力、計算力，感覺萬般能力都有所提升。

「少爺，我變強了。而且，我覺得少爺跟自己好近，令人安心。我希望能一直像這樣。」

「是啊，感覺很舒服。」

不只力量，塔兒朵的心意也傳達過來了。

……不，沒有那麼淺薄。我可以感應到塔兒朵的思緒。

『剛才那個吻會不會太大膽了？如果被少爺當成好色的女生怎麼辦？可是我覺得好舒服，我還想要耶。因為接吻，身體發熱了。之後再到少爺房間……咦，奇怪，少爺的思緒說他聽見這些心聲了，不會吧？咦！咦！啊，好的！少爺今天晚餐想吃肉對不對？

我明白了。呃，咦咦咦咦咦咦咦咦！』

看來能力發動時，雙方的思緒會互相洩露。

那麼，順便再做一項實驗好了。

『塔兒朵，聽見我的思緒就舉起右手。』

『塔兒朵，聽見我的思緒就再吻我一次。』

我一併發出兩道思緒，分別在意識表層與深層。

塔兒朵舉起右手。

不過，她沒有吻我。

原來如此，表層的思緒可獲得共享，但是聽不見深層的心聲嗎？

暗殺者為因應拷問和自白劑，會將思緒和記憶區隔成表層與深層。

就算被人下了自白劑，能挖掘出的僅有表層，深層揭穿不了。這是靠特殊訓練學會的技術。

……只要用這一套，我不想讓人得知的思緒似乎就不會被塔兒朵聽見。

另一方面，塔兒朵則是滿臉通紅地冒著煙。

『嗚嗚嗚，好丟臉。我要避免胡思亂想，尤其不可以想那些色色的事。呃，我在避免想色色的事情也被少爺聽見了嗎！這樣還是好丟臉。我要停止叫自己避免想色色的事情，像少爺的胸膛……呃，這樣不行。要求自己不要去想的話，反而更容易去想……又在腦裡全說出來了，啊哇哇哇哇。』

這種能力對塔兒朵來說似乎有風險。在我看來倒是有意思。

何況不盡然都是壞處，能用心電感應很方便。

即時通訊在需要相互配合時會是壓倒性的優勢。

還能用在密談等場合。

「盧各，你從剛才就在賊笑耶。」

「是塔兒朵逗我笑的。」

她實在很可愛。

「塔兒朵，發動力量會讓妳疲倦嗎？」

「咦！少、少爺，一點也不會。」

「是嗎？那就麻煩妳，照這樣繼續實驗。」

既然都發動了能力，就來多方嘗試吧。

我先測試了能力的效果範圍。

彼此遠離以後，大約在兩百公尺附近就斷了聯繫。

即使再度靠近也不會自動相繫。

嘗試再次發動技能，也還是用不了。

我交代塔兒朵每隔一分鐘就測試是否能用。看來這屬於用過一次之後，短期內就沒辦法再用的技能。我希望先了解要間隔多久。

「呃，盧各少爺，對不起。我有太多胡思亂想的念頭了。」

「沒關係，反正可愛嘛。不過呢，妳要加把勁鍛鍊心靈層面，好讓自己隨時都能夠去除雜念。」

「是的，我會加油！」

作戰時，塔兒朵就能發揮優秀的集中力，問題在於她無法隨時辦到。

「剩下的技能是【槍術】還有【努力】嗎？都屬於好用的技能。」

「我從以前就覺得塔兒朵的槍法厲害，原來她有技能呢。」

我的C級技能是重視泛用性，以能夠運用各項武器為前提才選了【體術】，然而固定用一項武器的話，像她這種技能會比較強。

「是的，我覺得自己往後對用槍更有自信了！再說，既然我還有努力的技能，就要多多加油才可以。畢竟我比其他人更能夠努力！」

即使沒有這種技能，塔兒朵肯定也是個肯奮鬥的女孩。

「來談談往後該怎麼做吧。既然有【槍術】技能，或許讓塔兒朵停止槍械的訓練，改為專精一項武器會比較好。」

「沒有那種事。隨拔隨用很方便啊，比如被敵人近身時，可以像這樣！」

塔兒朵將裙襬一翻，從大腿旁的槍套拔出手槍來瞄準。

飛快俐落。出神入化的拔槍速度，可以窺見她努力的痕跡。

「有妳這樣的速度就足以充當利器了。」

「是的，當敵人想打倒用長槍的我而近身時，我會一槍解決對方。還有，這比組合長槍還快，在突然陷入戰鬥時也很方便。畢竟室內狹窄的話也揮不了長槍。」

手槍射程短雖短，用起來卻靈活，還可以辦到那些技倆。

「欸，盧各，用長槍就會發動技能對不對？既然這樣，打造一把能開槍的長槍不就好了嗎？」

「那樣還算長槍嗎……要設計並不是沒有辦法。好，能試的都試試看吧。」

就用槍劍為基礎來設計。

「請少爺務必一試！」

「妳別抱太多期待。那可不能像現在這樣折疊槍身，在結構上也會變得脆弱。以長槍而言性能並沒有多高。」

「就算那樣，能使出遠程攻擊還是很令人高興。」

以塔兒朵的情況來說，風算是不適合用於攻擊的屬性，她本身也較缺乏魔法的天分，因此無法施展遠程攻擊。

所以，塔兒朵應該一直很羨慕能用遠程攻擊的我們吧。

「如此一來，妳們倆有什麼技能都掌握清楚了。」

「盧各的還沒有揭曉啊！我們都把技能告訴你了，所以你也要分享。」

「啊，我也好奇少爺有什麼技能！」

我投以微笑，然後逐項說明自己的技能。

【超回復】、【編織術式者】、【成長極限突破】、【體術】、從勇者那裡得到的技能。

「太離譜了啦！盧各，為什麼你會具備所有級別的技能啊？我沒聽過這種事耶。」

「我這是運氣好。」

「奇怪，沒有提到D級的技能呢。少爺以前就說過，每個人絕對都會有一項D級的技能。」

「那是祕密……只能出其不意地用一次的王牌。所以我早就決定絕不會向任何人透露。」

我從取得那項技能時就如此決定了。

被人知道的瞬間便會失去價值。

但是，只要不被得知就可能成為王牌。就算在塔兒朵和蒂雅面前，我也不會透露。

「唔哇，我們全都告訴你了，你卻當成祕密，太詐了太詐了。我非常好奇耶。」

「……我跟蒂雅小姐一樣。不過，既然少爺決定要當成祕密……」

她們倆表示不滿，然而我不講就是不講。

「好啦，我們差不多該回屋裡嘍。瑪荷寄了美味又有趣的海外點心給我們。」

「啊，他想溜。」

「請等一下，盧各少爺！」

我掌握了她們倆的技能。

得知技能並有效活用可以讓我們變得更強。

接下來，只剩將【可能性之卵】化為技能。

我在這方面也有展開調查，近期內應該要對此下工夫。

不過，今天就用好茶配點心偷閒放鬆吧。休息也很重要。

Episode12

第十二話　暗殺者送巧克力

The world's best assassin, to reincarnate in a different world aristocrat

技能確認完畢，家裡舉辦了茶會。

我有樣東西想讓她們倆品嚐。

舉辦場所並不在屋內，而是所在位置可以將母親那塊空有花圃之名的家庭菜園盡收眼底的桌子。

……我們才進城見識過世上最美的花園，因此這落差也太大了。據說母親的主張是：「蔬菜也會開花。那麼，種可以吃的植物比較划算啊。」

「都幫妳們倆準備好嘍。」

我將特製香草茶還有經過長年研究總算商品化的點心擺上桌。

平時這是塔兒朵的工作，但今天為了給她們倆驚喜，就由我代勞。

「啊，這是你以前送過的甜點伴手禮嘛。我記得味道很棒，還希望能再嚐嚐呢。」

「虧妳記得。當時帶去的是試驗品，現在終於商品化了。」

「我也相當喜歡。盧各少爺以前讓我試過味道，吃起來苦中帶甜。」

「對呀對呀，妳也覺得巧克力很棒吧，塔兒朵。」

「是的！」

我拿出來的是巧克力，歐露娜的新主力商品。

「妳們倆趕快嚐嚐看吧。」

「嗯～～果然還是很美味，有種上乘的高級感。」

「是啊，蒂雅小姐，這種讓人陶醉的奇妙感覺，從其他點心享受不到。」

她們倆立刻張嘴享用巧克力。

我也來一口。嗯，好手藝。

口感滑順，而且可可比例拿捏得當，能嚐出可可的風味，又不會太苦的絕妙調配。以前世的名詞來稱呼，就是苦味巧克力。

這樣既有高級感，又能享受到巧克力的最高魅力。

「但是跟少爺以前請我吃的一比，就欠缺柔順還略嫌乾澀，風味也不夠飽滿。啊，不過依然非常好吃喔。是我自己亂評比，對不起。」

「不用道歉。倒不如說，虧妳吃得出來。這確實比之前讓妳吃的品質來得低。」

「這樣啊？是材料有差異嗎？」

「之後我再揭曉，現在先享受巧克力吧。」

「好的！」

塔兒朵的舌頭似乎也隨著手藝進步而變得靈敏了。能察覺其中差異是頗有能耐的。

「嗯～～盧各，跟香草茶搭配起來也完美無缺喔。」

「是不錯，但要配巧克力的話或許還是咖啡比較好。」

「咖啡是什麼？我第一次聽到這個詞。」

「我遲早會弄到手。在這廣闊的世界裡，肯定存在於某處才對。」

咖啡，這也是我想設法弄到手的東西。

只要讓它在這塊大陸上流通，保證能建立巨大的財富吧。

「你花了好多時間將巧克力商品化呢，明明在穆爾鐸時已經做出了試驗品。」

「對，我費了一番工夫。要將可可果實從材料製成巧克力非常累人，步驟花時間，製程複雜，還需要特殊技術。只有我會做就當不成商品，我招募了有本事的點心師傅，讓他們進修學習。花了近一年的時間從錯誤中累積經驗，才總算達到能賣的水準。」

要從可可製作成巧克力極為困難。

在備料階段必須從可可果實取出可可豆，並且用香蕉皮等素材包裹助其發酵，之後再經過乾燥。

……字面上說明看起來簡單，可是用於發酵的酵母優劣會影響到滋味以及香氣，發酵的環境更需要細心注意，天數則是看周遭環境而定。

乾燥處理同樣有訣竅，稍微疏忽就會前功盡棄。

將如此加工過的原料焙煎，然後剝殼……再碾碎，加入其他材料攪拌……接著還要經過研磨和提煉的步驟來精製巧克力，長約七十二小時的精製過程令人暈頭轉向。

而且要讓口感柔滑可不能光靠蠻力攪拌，需要用技術。

處理完這些以後就進入調溫階段，以溫度有別的熱水隔水加熱數次，重塑可可脂的晶體，逐步改善口感及風味。

這是最難的一關，甜點師傅的手腕會受到考驗。結束這一步才能入模完成。

明明招募了超頂尖的甜點師傅，卻花了一年才達標及格。

「因為是別人做的，味道比少爺做的差了一截耶。」

「正是如此。」

「盧各少爺果然厲害。」

塔兒朵說完，就把最後一顆送到口裡，還露出宛如巧克力融化的表情。

蒂雅的臉也跟她類似。

她們倆都十分中意巧克力。

既然能讓她們高興成這樣，辛苦推動商品化也就值得了。

「呼～～轉眼間就吃光光了呢。」

「……早知道應該要品嚐久一點再吞下去的。」

兩人的盤子都空了。

換作平時，我會端新的一盤上來，但這次並沒有多準備。

「妳們覺得有銷路嗎？」

「嗯，絕對有銷路喔！貴族即使要花大把金幣也會買。」

「如果是零用錢能買到的價格，我也覺得自己沒辦法抗拒。」

其實巧克力受喜愛的不只是味道。

可可含有的多酚、可可鹼具備消除疲勞／舒緩焦慮的功效。不僅味道可口，更是實實在在的藥。

「巧克力是從上個月開賣，已經寄給定期購方案的會員了，風評非常好。」

提供給定期購會員的綜合禮盒是因應轉賣的對策，也是為了避免店面壅塞，不過可以將歐露娜想推銷的商品送到顧客手上就是一大優勢。

即使製作了再好的新商品，無法讓人拿到手裡便沒有意義。

只要將新商品當成綜合禮盒的項目之一，就能輕易讓人拿到手，而且寄送對象全是具有情報傳播力的富裕階層及貴族。

巧克力的傳聞在轉眼間爆炸般散播出去，成了人們口中的夢幻點心。

「……盧各，我想會有大量抱怨的聲音湧入歐露娜耶。」

「這是第一次寄點心，但過去送茶葉也能取悅顧客啊。即使放了巧克力也不至於招

來怨言吧？」

「我不是那個意思，會有各種意見要求你多賣一點，或者在店面也要鋪貨啊。」

「妳答對了。這類怨言已經積得像山一樣高。」

「我就知道。」

希望追加訂購、懇求下個月也一定要附在禮盒裡、確認門市是否有貨等等。當中也有蠻不講理的顧客。

「假如那也算抱怨，歐露娜現在可是怨聲載道。有瑪荷替我巧妙應付。」

「唔哇，感覺好辛苦……貴族的抱怨應付起來絕對很麻煩喔。」

「呃，盧各少爺，巧克力這麼美味，要是廣受歡迎，不會有其他店家模仿嗎？」

「我認為有難度。可可的進貨來源在海外，跟那裡做交易的只有歐露娜，更重要的是，巧克力的製作方式太困難了……要用正規手法研究怎麼將可可做成巧克力，得花一百年。」

假設有人取得可可的進貨途徑好了，說起來就連可可豆第一步要先用香蕉皮包裹發酵都沒辦法想到吧。

「問題是你請的師傅會被收買或者綁架嘍。」

「這部分萬無一失。我投資了這麼多，當然也會留意。如果有誰敢來動我的人……就會後悔一輩子。」

賣乳液時，那種分子我已經對付到膩了，所以早就累積了因應商業間諜的知識。基本上，那些大商會在當時就受過教訓，所以這次應該不會出手。

「這個叫巧克力的點心明明這麼美味，卻讓少爺費了好多苦心耶。」

「還好啦，正因為這樣才能當成武器。為了讓這項武器更具威力，我規定巧克力在店面鋪貨還有寄送給定期購會員的頻率，都是每兩個月一次。」

「唔哇，你好狠喔。實際上，每個月只能買到一次耶，這樣價值會飆漲喔。」

這就是我要的。

唯有歐露娜會製作，而且每個月只賣一次的夢幻點心。

這種稀奇感能進一步抬升巧克力的價值。

只是，塔兒朵似乎不明白我這麼做意義何在而偏頭表示不解。

「少爺，即使不具稀有價值，還是有許多人訂貨吧？既然這樣，只管多產多銷不就好了嗎？」

「光考慮利益的話是這樣沒錯。可是，具稀有價值就會有別的利用方式……在貴族及富豪之間蔚為話題的夢幻點心——能收到這種禮物應該會很高興吧。我的巧克力就是研發用來招待的……何況，這還有其他用途。」

越難得手的東西，越令人羨慕的東西，貴族及富豪都會想要。

就這點而言，我的巧克力可謂完美。吃過的人會炫耀，又只有歐露娜有賣，能買的機會每個月才一次而已。此外，本身也伴有品質。

「啊，我懂了！盧各，剛才你說歐露娜收到許多怨言而疲於應付吧。那是不是因為你開了離譜的條件來跟顧客交換巧克力？」

「正是如此……所幸貴族和富豪大多喜歡擺闊，尤其是想對女性賣弄的男人。那些男人碰上要吃巧克力的女性，就會保證把東西弄到手而讓自己下不了台。向這種冤大頭討情報、要求出讓權利或通融各種事，他們都會爽快答應喔。」

「唔哇，好黑心，比巧克力還黑！」

歐露娜會跟對方索取砸再多錢也得不到的東西來當寄送巧克力的交換條件。這在往後將為歐露娜帶來莫大的利益。

令人訝異的是，連別國王室也著迷於巧克力的魅力，還奉上了驚人的贈禮。

正因為我讓巧克力具備稀有性，才能做到這些事。

「所以嘍，我想趁早把這當成伴手禮以便拜託事情。在貴族之間，巧克力已經變得比金子值錢了。即使我拜託的事情多少會造成為難，對方想必也會答應。」

我拿出包裝得有品味的紙盒。

「啊！盧各你好詐喔，原來還有一盒！要吃還是有的嘛！」

「我說過了吧，這是要奉送的。」

「你究竟要跟誰見面？」

「會用光屬性魔法的人。為了讓妳活用技能，蒂雅，妳想早點用用看光魔法吧？」

「唔，被你這麼說，我就沒辦法耍任性了。」

「乖孩子，下次我會多送妳一點巧克力當獎勵。」

「好耶，我最喜歡盧各了！」

蒂雅朝我抱了過來，塔兒朵便羨慕似的望著我們。

跟平時一樣的相處模式嗎……我剛這麼想，塔兒朵就跟著說：「盧各少爺，我最喜歡你了。」並且抱了過來。說不定是剛才的【僕從獻身】促使她改變觀念了。

「總之，妳們先放手吧。我得準備跟對方見面。」

「好～～」

「呃，少爺，對不起。」

起初我打算寫信委託光魔法這件事，後來決定直接跟對方見面。

要見的人是洛馬林公爵的女兒妮曼。我要把巧克力帶去當伴手禮，藉此請她傳授光魔法。

而且，我會決定直接出面，也是因為想找她討論當時沒能細談的環節。跟暗殺王子有關。

無論事情如何演變，希望這份巧克力多少能讓對方放寬心情。甜點有時會成為比劍更強的武器。

Episode13

第十三話 暗殺者出行

The world's best assassin, to reincarnate in a different world aristocrat

我在自己房裡歸納暗殺第二王子的計畫。難得與洛馬林公爵家的妮曼見面，希望能談得有意義。

我手邊有洛馬林公爵交給我的第二王子行程表。

「要對第二王子下手果然得趁建國祭，便於殺害。」

建國祭是每年一次的慶典。

由於魔族出現，今年原本有可能自律停辦，但仍順利召開了。

屆時王子也會來到城外，並參加遊行。

殺王子之際，棘手的是除了偽裝成病死之外別無選擇。

對方貴為王子，若遭到暗殺，國家非得賭上威信查出主謀才行。

就算被調查，我也不會蠢到自曝馬腳，但國家找不出凶手就會安排代罪羔羊。

……那樣未免令人於心不忍，而且天曉得會以什麼樣的形式受到牽連。王子被暗殺這張牌，各派勢力能濫用的方式可多了。

然而如果是病死，就沒有必要創造凶手。再者，這已足以對葛蘭費爾特伯爵夫人及其黨羽構成威脅。

「倘若被判斷成中毒就會敗事，實在棘手。」

我看向手邊的針。

這是暗器的一種，塗有毒素。毒素能引發有意思的症狀，在這個世界無論怎麼調查都會被判斷成疾病才對。

問題在於插入毒針的時機。

若不受病死的限制，用槍械狙擊就能一勞永逸。既然沒有槍械的概念，對方連長達一公里以上的狙擊都未曾設想，我自可輕取目標。

可是，為了偽裝成病死，要插入這根針必須相當靠近。

（王城的結界不好對付。）

目標若不是王族，我只要潛入寢室趁著酣夢間下手就好。

然而，在王城不可能那麼做。

王族居住的樓層有王族及護衛以外的人踏進便會瞬間啟動的結界，經由神具可以感應到靈魂的波長。要騙過神具這種並非出自人手的產物，連我都辦不到。

就算結界已經啟動，我仍有自信殺掉王子，然後匿蹤，等風頭過去再脫身。可是，結界啟動了，代表入侵者的存在將隨之曝光，就算死法看似病逝，死因難保不會被研判成暗殺。

得讓王子離開城裡才能殺他。

「……看來洛馬林公爵倒希望我在米娜的派對上動手。不，這是要測試我嗎？」

行程表當中也有記載，王子會前往參加蛇魔族米娜對外用葛蘭費爾特伯爵夫人身分舉行的派對，還在編排和字體的部分下了工夫來吸引注意。

被研判成暗殺就完了。當中唯有一種情況屬於例外。

那就是把罪名推給蠱惑第二王子的禍首。

比方說，如果第二王子是在米娜舉行的派對遇害，就可以把代罪羔羊的角色套到她身上。

同時除掉失去作用的傀儡與幕後黑手，沒有比這更有效率的做法……只要對手不是米娜的話。

照常理想，葛蘭費爾特伯爵夫人若蒙上殺害王子的罪名，受她蠱惑的黨羽就會抽身離去以免遭受連累。

可是，第二王子已經沉淪到不得不除了。考慮到這一點，其餘黨羽別說做鳥獸散，甚至有可能為了紅顏而盛怒失控。

更重要的是，那個魔族不曉得會做出什麼事。要是她嫌葛蘭費爾特伯爵夫人扮起來麻煩，難保不會毀滅這個國家。

這應該是在考驗我。刻意讓我注意這一項行程，假如我藉此下手便不足信賴。

「有意思。」

我挑建國祭下手，同樣得越過森嚴的戒備，而且連被懷疑都不行。

身為暗殺者的性子久違地躁動起來。

……連一流暗殺者都不可能辦到的案子，正因如此才讓我熱血沸騰。

◇

隔天早上，有信鴿送來了信。

是日前我行文表示希望見面後，從妮曼那裡收到的答覆。

「叫我今天下午就過去？」

還真性急。

公爵千金事務繁忙，肯定是倉促騰出了行程。

看來她對我就是如此重視。

「嗚嗚嗚，盧各，好亮喔。」

「妳該起床了。早餐時間快到嘍。」

從窗口照進的光讓蒂雅醒來，她撐起上半身揉了揉眼睛。蒂雅身上什麼也沒穿，嬌小可愛的胸脯因此一覽無遺。

「這麼晚了啊。盧各，你昨天一直到深夜都不肯放手，害我睡眠不足。」

「是妳不肯放開我才對吧。」

「果然，你還是不懂女人心耶。像這種時候，就要替女生做面子啊。」

蒂雅爬出被窩，從衣櫥裡拿了要替換的衣物。

「這個衣櫥讓人看到的話，感覺會引發大風波呢。你要嘛被懷疑有扮女裝的癖好，要嘛就是被說成開後宮。」

「……也對。」

衣櫥裡頭收著蒂雅和塔兒朵的衣服及內衣褲。

蒂雅是我的女友，塔兒朵則是被父母棄養而在內心留下陰影，感到寂寞時就會鑽進我的被窩。

當蒂雅換好衣服時，傳來了敲門聲。

「盧各少爺、蒂雅小姐，餐點做好了！」

塔兒朵活潑的說話聲響起。

聽到這嗓音，讓我覺得今天又開始了嶄新的一日。

◇

用完早餐，我搭上馬車出發。

「盧各，現在才問也嫌晚了，你要去見的人是誰呢？」

「洛馬林公爵家的千金，妮曼。」

「唔哇，我有想過該不會吧，還真的就是光輝才媛。」

「什麼嘛，原來妳知道這號人物？」

「當然知道嘍，畢竟連司奧夷凱陸王國都有聽到她的名聲。」

妮曼也是知名人士。

美貌出眾，又能使用極為稀奇的光魔法，還具備雄厚實績。

「虧你能和那樣的人面談耶。」

「……蒂雅，我還沒向妳提過。洛馬林公爵家對圖哈德來說是上司，判斷王族的委託是否能為國家帶來利益，以及我們殺人要如何活用於政治，皆由公爵家負責包辦。當然這屬於機密。」

背地裡和表面上扮演的角色不能相繫。

只要沒有人知道兩者相繫，就算圖哈德從事暗殺的情資敗露，也只需要跟圖哈德家切割即可了事。然而，要是當中的關聯被人知情，敗露之際就會連累洛馬林公爵家及地位更高的王族。

因此至今以來，洛馬林和圖哈德在表面上從未有任何牽扯。

「那麼，你在白天明目張膽地像這樣搭馬車進入他們的領地，不會出問題嗎？」

「不要緊。我今天是以聖騎士的身分來到這裡……形式上是收到來自王族的委託，委託內容也合情合理。對方能在半天內布局完畢，實在令人有點難以置信。」

單純的男爵家之人要踏進公爵家是會引起疑心，不過換成聖騎士就另當別論。

「居然要跟光輝才媛見面，我開始緊張了耶。不曉得她是什麼樣的人，會跟傳聞中一樣漂亮嗎？」

「她非常漂亮喔，蒂雅小姐。」

「塔兒朵，妳怎麼會知道……我想起來了，在城裡的那場茶會，公主和洛馬林公爵父女都有出席嘛。」

蒂雅鬧了點情緒。

那次基於對方的要求，蒂雅無法參加。沒能見識亞爾班王國號稱世上最美的庭園，她到現在還有些耿耿於懷。

就這樣，我們終於抵達洛馬林公爵領了。

路經大農地、大牧場及果園，穿過與穆爾鐸平分秋色的大城市以後，總算接近此行的目的地。

進入領地後的路途才漫長。理由很單純，因為這片領地實在太廣闊了。

「……這裡真的是單一領地嗎？」

「什麼都有耶，蒂雅小姐。」

「一般貴族會在領地各自準備武器，再加以錘鍊增色。比方擅長農業就可以產糧出口；在商業都市專注經商；或者開採礦山並發展加工礦藏的工業城。不過，換成洛馬林公爵領就不會偏於任何一項，無論農地、牧場、工業、商業都具備頂尖實力。所以嘍，嘴巴惡毒的貴族就帶著諷刺之意，稱呼這裡為洛馬林帝國，還管他叫亞爾班王國的最強貴族。」

為了創造極致的完人，品種改良和教育都持續了數百年。為此公爵家一直貪求世上的優秀血統及師資。

其成果就是優秀的領民與世上蒐羅而來的智慧結晶，還有遍及全領域的人脈網。

這些要素產生了相乘效果。此外，優秀的人們會相互競爭，更加成長茁壯。

結果便帶來堪稱洛馬林帝國的繁榮。

……洛馬林帝國的稱號固然諷刺，卻也是出於畏懼的一個字眼。

於是，我們總算抵達目的地了。

塔兒朵和蒂雅從馬車探出身，睜大了眼睛。而我亦為之震驚。

「唔哇啊啊，好棒喔。好壯觀好氣派的城堡。」

「棒歸棒，可是太誇張了啦！欸，盧各，這樣沒問題嗎？他們蓋了比王都更雄偉的城堡，不會觸怒王室嗎？在司奧夷凱陸做出這種舉動，會被批評為不敬而抄家喔。」

有座城堡，比我們以往看過的任何城堡更來得優美莊嚴，而且富機能性。

連瑰麗的王城跟這一比都相形失色。

「這座城是去年建造的，打著以最先進技術建造理論上的至高城池為名目。王都裡具有歷史的城堡在規模及性能方面無法相提並論……貴族建了比國王更氣派的居城，並非值得稱許之舉。不過，是洛馬林公爵就會被允許，因為他對國王盡到的禮數還有貢獻比任何貴族都高。」

這是檯面上的說詞，更大的因素在於王室及其他貴族的實力都不足以向洛馬林家叫囂吧。

「盧各，我問你喔。這只是假設，如果洛馬林家有那個意思，是不是就可以竊據整個國家？」

「感覺早在我出生之前便已經隨時辦得到了。」

這就是這個國家的真相。

亞爾班王國能夠存續，只是因為洛馬林家肯對國王宣誓忠誠罷了。

正因為有如此強大的實力，才能盯住其餘貴族。

洛馬林家擁有這等實力，卻始終將力量貢獻給國家。

「好了，我們走吧。約定的時間就快到了。」

城堡周圍是壯觀的湖泊，而我們走過雄偉的橋樑。澄澈的湖裡有許多魚在游，可供食用，而且以高級魚居多。這道城池用於防守城堡，同時應該也是養殖場，符合洛馬林家追求效率的作風。

我繃緊神經。

……要跟支配國家的怪物在對方的根據地會面。

假如有所鬆懈，大概轉眼間就會淪為俎上肉。

Episode14

第十四話　暗殺者被測試

The world's best assassin, to reincarnate in a different world aristocrat

我們踏進在亞爾班王國最完美，不，在世界上最完美的城堡。

到底花了多少錢才建出這座城？

到底要有多少優秀的人才與勞動力，才能達成此等壯舉？

光是思索就感到可怕。

「就近見識更覺得壯觀。」

「對呀，我從來沒看過這樣的城堡，以後也看不到的。」

從這座城可以感受到美學。

築城的目標在於追求機能性，美觀及格調理應都擱在後頭。

可是，講究至極的機能性卻讓人體會到美感，將機能性視為優先的同時，仍然處處看得出堅持。

……見識到這種產物，感覺再怎麼有野心的貴族也會深知格局差異而遭受重挫。

蒂雅的臉因為好奇心而發出光彩。

「盧各，你發現了嗎？」

「嗯，有魔力的跡象。居然能將如此複雜的魔道具實用化。」

穿過門口的瞬間，感覺有人在看著我們。

那是王城也設有的感應型結界。

比那來得粗糙，只要我有意就能蒙混闖關的精確度。

可是，難以相信功能如此複雜的魔道具會出自人手。

當我思索這些時，一行人來到城內，有傭人向我們問候。

是體格修長有氣質的中年男性。

見到他，使我內心產生動搖。我沒看過那張臉，卻認得對方。

……他究竟有什麼打算？

我以為我們會被領至庭園或會客廳，沒想到卻是位於腹地內的室內訓練場。

規模與城堡相稱，十分寬闊。

當中有超過兩百名的劍士正持劍互搏。

男傭人開口：

「您覺得如何？我們洛馬林家的精銳人員，個個都是能手吧？」

城堡固然讓我震驚，但這裡也一樣。

兩百人全都具備魔力，而且飽經鍛鍊。

理應很稀罕的具備魔力者，光這裡就有兩百人。

將嫡系與旁系血親一併算在內，圖哈德家有二十名具備魔力者。那甚至得將老人、女性、孩童都算進去。

然而，這裡光是精悍男性就聚集了兩百人，規模差異實在太大。

究竟用了什麼戲法？

想也知道吧。照洛馬林的做法是該如此。

為了留存優良血統，就動用強硬的手段將英才聚集至此並讓他們產子。

雖說除了格外優異者都不得自稱洛馬林家之人，但無法以洛馬林自居的族人與混有優良血統的名門之後仍會留下。

「他們用的劍不錯。」

「您真有眼光。那在洛馬林家稱作鋼劍。」

這個世界所用的武器，普遍屬於製鐵技術未成熟而含鐵純度低的鐵劍。可是，這裡使用的並非高純度的鐵，而是在鐵裡摻入碳元素讓強度更上一層的鋼。

比普世水準高出兩級。塑劍之際，所用的鑄造技術更不單純。

集結了全世界的能人智士才辦得到這種事吧。

單單可見之處就有兩百名具備魔力者，用的是比普世水準高兩級的武器。

最強之名非其莫屬。

「還有一項物品想請聖騎士大人過目。那裡有一隊不具魔力者。」

「他們拿的是弩弓嗎？」

「是的，您實在見多識廣。」

那隊人在進行射擊訓練。

可真是令人背脊發冷的光景。

首先，那比普通的弩弓大了一圈。

而且結構複雜。

兩相重疊的弩弓可供連射，還附加腳踏板。

不僅如此，更有滑輪便於拉弦。

在我的時代，那稱作複合弩，屬於放箭勁道可以強過自身膂力的進化型弩弓。

看得出那是以腳踩住踏板，用全身包含背脊的力氣引弦。那樣比用手拉更有力。

再者，現場所有人都具備訓練有素的肌肉。

由那樣的肌肉大漢拉得面紅耳赤，運用包含腿力在內的全副力氣，甚至要依靠滑輪的輔助才勉強能夠上箭。

「張力到底有多強猛？」

這個時代能製作出如此具張力的弦，本身就是件怪事。

兩百人排成兩列。

標靶是位在五十公尺前方的鋼製鎧甲。

一般的具備魔力者若用魔力強化體能，堅硬更勝於鐵。

然而，強度仍不及鋼。

原來如此，那塊標靶有這層用意在啊。

「可以看到有趣的景象喔。」

傭人笑了笑。

「放！」

下口令的同時，第一列箭矢齊射。

一百發弩弓特有的短箭將鋼製鎧甲射得滿目瘡痍。

證明即使是不具魔力者也殺得了公認無敵的具備魔力者。

「他們讓我見識了有趣的景象。一般兵也殺得了具備魔力者的時代要揭幕了嗎？」

我打從心裡感到訝異。

具備魔力者的過人強項在於防禦力。

只要以魔力護身，一般兵放箭、揮劍、投石都無法造成多大傷害。

正因如此，他們在戰場堪稱無敵，唯有具備魔力者才殺得了具備魔力者，從而成為戰場的主角。不會被殺，又能持續殺敵。

這項前提被打破了。

攻擊力再強、速度再快，會死的時候仍會輕易喪命。這樣一來，原本無敵的棋子將淪為單純好用的棋子。

像剛才那樣由百人排成一列，箭矢齊射便難以閃躲。

具備魔力者的時代結束了。

當然，這是指一般的具備魔力者，換成魔力頂尖的人物還是挺得住。

話雖如此，絕大多數的具備魔力者將會失去其價值和權威吧。

……我本來就覺得這樣的時代遲早要來到，之前我認為要靠火藥和槍械發明問世。

豈料公爵家竟能強行邁出這一步。

我深深吸氣。

這場鬧劇奉陪至此，差不多該結束了。

我刻意把講話方式換成面對尊長的口吻。

「請問你讓我見識這些，究竟有什麼用意呢，洛馬林公爵？莫非是準備發動戰爭，打算要圖哈德家助陣？」

展現讓人自覺違抗也不濟事的壓倒性實力是拉攏夥伴的常見手段。

「哈哈哈，穿幫了嗎？這真令人難為情。你是什麼時候看穿的？」

喬裝成傭人的洛馬林公爵笑了笑。

「從一開始。我屬於行家，要識破業餘的喬裝只算小事一件。之前是妮曼小姐想要矇騙我，這次就換成公爵嗎？」

「我對喬裝可是有自信的，在你眼中卻成了業餘嗎？」

對方往臉上伸出手，扒掉面皮。那是一張做工精巧的面具，要不是我，應該就不會發現吧。

實際上，塔兒朵和蒂雅就為之瞠目。

「讓我回答你的問題吧。展示這些是想趁機讓要入贅家門的你認清，貴族的時代要結束了。貴族能握有特權而作威作福，是因為本身強大過人。連無能的領主都可以立於民眾之上，誇口要提供庇護。」

就連徒具魔力的無能之輩，經營起領地也四平八穩。

畢竟貴族太過強大了。即使農民們揭竿而起，也絕對贏不了，頂多只能漏夜潛逃。

再者，平民也認為自己受到了那種強大的庇護。倘若有魔物出現，就只能央求具備魔力者出面解決。所以在平民眼裡，具備魔力者猶如神明，內心再怎麼不平都會忍。

「想必是如此吧。既然殺敵變得容易，制度也將全面翻盤。有無魔力並不代表一切，具備魔力只會被當成一項長處的時代即將到來。」

殺害具備魔力者不難，又連一般人都能對付魔物的話，神明就會降格為凡人。

忍耐至今的不滿爆發以後，無能貴族治理的領地應會發生暴動。

在我的世界亦然。

貴族制度垮台，始於騎士不再高強過人。

受專門教育，懂得騎馬，身穿昂貴裝備的騎士曾為最強。

然而，鎧甲隨著武器的進步喪失意義，就算練過武術也無法在戰場上發揮效用，連要驅散盜匪也不能隨心所欲。戰爭變成單純比較數量，當騎士淪為一顆棋子的瞬間，尊敬、憧憬和信仰皆會消失，使騎士淪落為凡人。

與此相同的現象正要發生於這個世界。

無能領主遭到淘汰，不具魔力的一般人應會取而代之。

「你不覺得有意思嗎？以往光是不具魔力就遭受忽視的有能人才將陸續隨著野心崛起……推翻身為舊支配者的我們。或許他們會創立屬於不具魔力者的國家，並且設法將我們排除。」

「並不有趣呢，因為目前的亞爾班王國處於安定。至少，我不歡迎那種局面。」

「講出如此窩囊的話，有違你的風範。」

敢將我的一般論評為窩囊，可見洛馬林公爵的作風。

他的眼光看得更遠。

「……公爵應該是這麼想的吧。洛馬林家已造出殺得了具備魔力者的武器，所以洛馬林家以外的地方或許一樣在製造，就算沒有，將來肯定也會問世。既然如此，亞爾班王國應該搶先於任何地方因應這種變化。若按照現況發展，他國士兵將攜帶大量殺得了具備魔力者的武器突然攻打過來，導致王國傾覆。」

「你猜對了，可是並不只如此。」

「我還能想像到另一點。即使如此仍不會被那些武器殺害的高強人物才配君臨於這個國家。沒錯，好比公爵就是如此。面對這種弩弓，洛馬林公爵應該也不會喪命。」

「而且你也一樣。對，你答得完美無缺。連我的家臣當中，也沒有任何一個人能跟我用相同的觀點思考。你果然優秀。」

有超越音速的短箭從背後飛射而來。

我頭也不回地用手指夾住接下。

洛馬林公爵送上掌聲。

「盧各小弟，我是這麼認為的。這種變化是要篩選掉那些空有魔力而藉此作威作福的貴族，能夠從中生存的人會有真本事。有真本事，才夠資格領導這個國家。所以說，你合格了，我想要你。為了測試你配不配當小女的夫婿，我的舉動違背了禮數，對此我有準備向你賠罪。」

「談到這一點，我並沒有打算當妮曼小姐的夫婿。」

若我單純身為圖哈德家之人，就不會被允許這麼發言。

然而，有聖騎士身分就會被允許。

「好啊，我明白。不過我認為你配當我的女婿，所以才會這麼做。沒事的，我不會為難你，儘管放心，我要交代的就這些而已。妮曼正在等著呢，你去吧。」

接著，非由公爵冒充的正牌傭人出現了。

他說這是在測試我，從某方面來看或許也算他的誠意。

揭露自己手裡持有的牌，在分享自身想法後，進而邀我入夥。

……我忍不住心想，成為洛馬林當家並且治理這塊土地似乎是有那麼一點意思。有這等力量的話，什麼事都能辦到。

不過，我是圖哈德家之人，而且我喜歡蒂雅和塔兒朵她們。

所以我無法成為洛馬林。我終究是盧各·圖哈德。

雖然多繞了一小段路，去見妮曼吧。

感覺她同樣會有許多盤算。

鬆懈不得呢。

Episode15

第十五話 暗殺者獲得新同伴

The world's best assassin, to reincarnate in a different world aristocrat

這次才要跟我們求見的人物會面。

洛馬林公爵家的千金妮曼。

獲准以洛馬林之名自稱，並不單純代表出生於嫡系血脈。

對於追求真正完人而長年進行品種改良及英才教育的洛馬林家來說，那象徵了當代的最高傑作。

為了到這樣的她身邊，傭人領著我們走在屋邸中。

「欸，盧各，光魔法是什麼樣的魔法呢？我沒有見識過實物，也讀不到什麼資料，就一無所知耶。」

「啊，少爺，我也覺得好奇。聽起來很帥氣，可是不曉得實際是什麼樣子。」

「不只名稱動聽，那還是強大無比的屬性，用於攻擊之際是最快、射程最長的高性能魔法。名為光魔法，速度自然是光速。」

「那樣絕對躲不掉，對不對？」

塔兒朵想像了自己對上光魔法時的情境，冒出冷汗。

「是啊，施展時被瞄準到就完了。再沒有比這更棘手的攻擊。」

關於光魔法，幾乎沒有留下文獻，在這個世界也找不到什麼情報。

但是，我從女神的房間裡學到了它的存在。

「你會說用於攻擊之際，表示還有其他不同的用途嘍？」

「運用光的探索魔法範圍極廣，且傳達速度快，還有回復系魔法可用。圖哈德家的醫療魔法頂多只能輔助外科手術以及強化自我痊癒力，光魔法卻屬於另一個境界，它的存在可稱為概念性治療。不僅攻擊、探索、回復樣樣辦得到，而且在任何領域都有頂尖水準的性能。」

「……聽你這麼說，我更想要了呢。」

蒂雅難掩好奇地為之心動。

實際上，只能選一個屬性的話，我應該會選光。

不過我基於兩個理由沒有選。

第一，光與闇只能取得其中一邊，不在雙重屬性及全屬性的範圍之內。哪怕光屬性再怎麼優秀，能將土、火、風、水四種基本屬性全部包下還是比較好。

第二，欠缺攻擊力。光速度快，消耗魔力換取的攻擊力與能量出色的炎或具質量的土相比卻大為遜色。要殺勇者這種強於自己的對手，我需要的是火力，因此優先次序就排到後頭了。

「貴賓們，這邊請。」

隨著傭人開門，傳來了鋼琴聲。

其旋律優美而洗鍊。

洗鍊的不只是鋼琴音色，位於這房裡的一切都洗鍊至極。

收集了這個世界上最為出色的物品，整體卻還能達到調和，並沒有土財主的氣息。

真正貴族獨具的品味。

「歡迎，盧各．圖哈德還有一道蒞臨的同伴。我一直在期待幾位的到來。」

紫髮搖曳的她回過頭。

「客氣了，我才期待能與妳再次相見。」

「哎呀，說話真甜呢。可愛的傭人日前也在場。請問這位是？」

「蒂雅，向公爵千金請安。」

「幸會，我是克蘿蒂雅．圖哈德，擔任聖騎士的隨從。」

蒂雅做了亞爾班王國式的行禮。

她的身段再稱頭不過。

「哎呀哎呀，克蘿蒂雅小姐，妳長得好可愛……而且有股同類的氣息喲。」

「不曉得您指的是哪種氣息呢？」

同類嗎？妮曼實在敏銳，一眼就看出了蒂雅出身高貴。

「請坐吧。」

「那麼，我們就恭敬不如從命了。」

我們各自入座。

「聽說幾位要來，我準備了珍藏的茶點。不過，因為收到了比那更上乘的禮物，今天就改用那些招待吧。自從上個月嚐過巧克力以後，我就對它朝思暮想。沒想到還能取得呢。」

看來我在進城時將巧克力交給傭人這件事，已經傳到了妮曼耳裡。

「幸好能得妳歡心。」

「不知道聖騎士大人是怎麼取得的呢，我明明也想要，卻怎麼也無法到手。」

這句話翻譯過後，意思是：連四大公爵都無法取得的東西，區區男爵怎麼會有？

「哈哈哈，妳應該知情吧？我跟歐露娜的代表是情侶，多少能得到通融。」

「啊，這種公私不分的手段太狡猾了喲。但是，幸虧如此才獲得了巧克力，所以我就睜一隻眼閉一隻眼吧。來來來，已經準備好嘍。」

擺盤雅觀的巧克力與茶被端了上來。

「果然歐露娜的點心就是要配歐露娜的茶呢。哎，真令人抗拒不了。這種高尚的甜苦滋味，唯有巧克力才享受得到這般美味，簡直是貴族的點心，我每天都想吃喲。」

妮曼純真地拿起巧克力大快朵頤。

她這副模樣看起來只像足不出戶的名門閨秀。

可是，我知道妮曼的內在並非如此。

她深知這種純真的舉動比無懈可擊的身段更能取悅男性吧。

由於演技完美，我看了就明白。

剛才妮曼稱蒂雅為同類，不過她在另一方面也算是我的同類。

我們一邊閒話家常一邊享用巧克力。

「之前拜託的光魔法之事，妳覺得如何？」

「當然沒問題。聖騎士大人表示這是打倒魔王及魔族所需啊，身為亞爾班王國的貴族，我定會鼎力相助。」

她帶著微笑，並且拿出一張羊皮紙。

紙上刻有魔法符文。有蒂雅的技能，只要取得一道光屬性術式，即可變更屬性。

「那就感激妳的好意了。」

我伸手要拿，紙就被迅速抽走。

刻意折過的羊皮紙是為了避免下半部內容被看光。是因應我的瞬間記憶力嗎？接下來才要進行談判，被我記住內容便沒有意義了。

「我會提供協助，然而毫無回報可不行喲。」

「光是巧克力還不足以當成代價？」

「雖然相當打動我的心，但是還需要加碼。能不能請聖騎士大人猜猜我的願望？」

我認清對方的真意。

妮曼曾明確表示想要的是我本人。

「妳想要的是我嗎？」

「答對了喲。」

「要我獻出人生，只用光魔法做交換未免太過廉價。妳也這麼認為吧？用光魔法就能買到的男人，不可能配得上洛馬林公爵家。」

「口才真伶俐呢。被這麼一說，我連想好的預備條件都無法提議了喲。我本來打算假如你拒絕入贅，就請你答應借種就好。」

一旁的蒂雅和塔兒朵嗆到了。

對她們來說似乎刺激太強。

妮曼用的談判技術相當基本。

先獅子大開口，再提出妥協方案。

這套手法單純歸單純，卻是正確的。一度拒絕的內疚心理，會讓妥協方案比較容易被接受。

不過她說是這麼說，在主導話題時倒是預設了連妥協方案都會被拒絕的前提。

「聖騎士大人，不然這麼辦吧。」

妮曼拍響手掌。

「我希望能多了解你。所以……下次與魔族戰鬥，還請讓我同行。」

她露出了今天最動人的笑容。

「這有困難。我沒辦法保證妳的生命安全。日前諾伊修才拜託過我，要我帶著他和創立的騎士團一同作戰，我便坦言那些人會成為累贅，所以叫他們別跟來。我總不能特別寬待妳，而且這也是為了妳著想。」

「那你儘管放心。其實呢，我有觀摩諾伊修和可愛女僕的那一場戰鬥，然後我可以告訴你，我比你這位可愛的女僕還要強。別看我這樣，我可是洛馬林家之人。」

她屬於洛馬林家之人——比這更有說服力的詞並不好找。

何況妮曼說的無疑是事實。我早就察覺到了，待在眼前的是個怪物。

即使保持現狀，她仍比塔兒朵強。

不過，有一點令我感到好奇。

「妳說的觀摩是玩笑話吧。有人混進那場派對，我不可能渾然不覺。」

「我真的到過那裡喲。讓我告訴你為什麼當時你沒有察覺吧。因為我從最初就在會場裡，我取代了諾伊修召集的其中一名騎士團員。大概是因為當公主的替身，我很擅長喬裝。」

被擺了一道。

那樣的話我實在無法察覺。當時我還沒有見過妮曼。

再者，我跟諾伊修的部下都是初次碰面。

妮曼在場的話，等於讓她得到了口實。

因為我在諾伊修的茶會上說過，比塔兒朵強就有資格一同作戰。

「……容我姑且問一句，為什麼妳會到場，甚至不惜喬裝？」

「因為我對你有興趣……觀摩說來是順便的，其實我有個笨青梅竹馬似乎會走上跟笨王子相同的末路，所以我才稍微監視。幸好有你代為囑咐，畢竟他仍算優秀，用途也還多得是。」

「諾伊修福分不淺，有妮曼小姐這樣的美女為他著想。」

「我並沒有把諾伊修當異性看待喲。他不夠格成為洛馬林家的一員，我無意替他生子。不過，他算是個討喜而不成材的弟弟，從以前就老跟著我，像小狗一樣可愛。」

……在洛馬林家的千金口中，連學園首席都淪為不成材的弟弟啦？真可怕。

諾伊修肯定算天才，異常的只是他身邊的環境。

「妳開的條件還是令人難以苟同。倘若洛馬林家的千金出了什麼事，到時候我可負不起責任。」

「假如問題在這裡，根本毫無妨礙喲。為保衛這個國家站上第一線，正是貴族應盡的義務。不然，還是由我立字為憑，向你保證即使出了事也不用負責任？」

「我反而想問，妳為什麼要堅持到這種地步？」

「用問題來回應問題並不高明喲。但是，我破例答覆你。這同樣有兩個理由。我對你感到好奇，好奇得無法自拔。你是如何殺魔族的呢？在學園遭受襲擊之際，又是如何一舉掃蕩魔物大軍呢？你隱瞞的事情實在不少。」

「那些事，請參閱我向國家呈交的報告書。」

那是一般無法調閱的機密資料。

可是，妮曼不可能無法調閱……不，她不可能沒看過。

「那寫的全是謊話。所以，我才想親眼見識。」

我想當場拒絕。

畢竟洛馬林公爵家若得到了槍械的概念，不知道後果會是如何。

他們連十字弓都能造出那種貨色，國家的根基難保不會真的被推翻。

不過拒絕的話，公爵家仍會擅自派人跟監吧。相形之下，感覺把她留在身邊還比較像樣。

「另一個理由是？」

「盧各先生，洛馬林家還是需要你的血脈。若是普通的下等貴族，就可以動用權力『硬上弓』，換成聖騎士就難辦了，所以我決定用正攻法迷倒你。既然這樣，想必需要一起相處的時間與『打情罵俏』。請放心，我會立刻拉攏你成為家人喲。哎，辦不到的話只取精也是可以，莫介意我用強的。反正你數一數天花板的汙痕就結束了。」

多有自信。

話說，她後半段都講了些什麼？不知道是洛馬林家異常到這種地步，或者唯獨她是特別的。

一旁的塔兒朵和蒂雅的視線扎在我身上。

「……我有條件。同行之際，妳所目睹的事物不得外傳。還有，不可以將我的技術挪作他用。妳能遵守的話，我就答應。」

「好啊，我很樂意。真期待與你一起對抗魔族呢。那麼，記載了光魔法的文件就在這裡。」

拗不過對方。

可是，我們達成目的了。

這樣蒂雅就能學會光魔法。

換個心情，將另一件事情也處理掉吧。

「此外，關於第二王子的暗殺計畫，我準備了資料。這項計畫必須借助洛馬林家的力量。剛好我們在此一聚，把這件事也了結吧。」

「好，我准許你。之後我會過目。」

「……尚未過目就准許行嗎？」

「談到殺人，你應當不會有誤吧。如果你是連本業都辦不好的男人，我不可能會想懷你的孩子。」

還真是對我信賴有加。

不，她信賴的並不是我，而是自己的觀感吧。

「那麼我會事先打通環節，以便讓自己成為聖騎士的隨從。盧各先生，請你也要向高層提出申請。」

在意想不到的地方結交了新夥伴。

她何止不會扯後腿，應該還能帶來莫大助力。

只要沒用錯場合就可成為強大的武器，但走錯一步便直通地獄。

運用上必須留心。

……而且，在完全不相干的方面也要留心。之後我再找蒂雅和塔兒朵好好談談吧。

Episode16 第十六話 暗殺者弒殺王子

The world's best assassin, to reincarnate in a different world aristocrat

我來到王都了。

目的在於建國祭，要暗殺第二王子。

之前我一邊擬定計畫一邊收集第二王子的情報，這才明白法麗娜及洛馬林公爵說那傢伙無藥可救是什麼意思。

他已經將國家利益置之度外，成了蛇魔族米娜的傀儡。

正因為當法麗娜公主他們的傀儡時立過一番功勞，更令狀況險惡。因為有第二王子的地位和耀眼實績，沒人攔得住他。

「你沒有將兩位可愛的隨從帶來呢。」

「可以的話，我也不想帶妳過來。」

喬裝過的我正在參加建國祭。

用的是一名年輕商人——佛朗克・霍茲曼的身分。

佛朗克・霍茲曼的戶籍並非由父親準備，而是我自己弄到手的。他是在行商途中被魔物吃掉的生意人，於世上無親無故，借其名字一用正合適。

建國祭上會安排許多攤販。

我就是以佛朗克・霍茲曼的名義在那裡擺攤。

不知怎地，還有妮曼在攤位幫忙。當然是經過喬裝。

我們賣的是可麗餅，用馬鈴薯製成太白粉摻在麵漿裡的特製品。

這樣可以增加澱粉量，讓口感Ｑ彈。

不僅口感特別，還有烤得薄也不會破的優點，使餅皮接近透明。

烤好的別緻餅皮薄得幾乎能透光，沾在嘴裡有感官上的刺激。

餡料則是上等鮮奶油和當季頂級水果。

我猜中了大眾喜愛的口味，開張後沒過多久就排起隊伍，而且從未間斷。

甚至有人願意出資贊助，還問我要不要在王都開店。

「居然能在人人皆有刁舌頭的王都大排長龍，你可以為此驕傲喲。原來你當廚子的手藝也是一等一。可是，這樣會不會過火了點？」

「這裡是王都，能讓王都獲准營業的攤販拿不出一流商品才比較引人注意。」

要進行暗殺的話，正常來講客人是越少越好，客人多就沒辦法隨意行動……不過，這是一般論。這次我殺目標，名為客人的遮蔽物多才好下手。

「那倒也是。不過，對你的本業不會有負面影響嗎？」

「在這種狀況下也能動手。倒不如說，熱鬧成這樣可以提供良好的掩護。」

應該沒人會認為我在生意好到要排隊的攤子還能一邊消化顧客一邊殺人吧。

順帶一提，到目前為止的對話都沒有發出聲音。

我們靠著些許的嘴形變化，彼此讀脣語。

而且我們並未注視嘴脣，而是將焦點放在別處，用眼角餘光來捕捉。畢竟互相盯著嘴脣就會讓旁人感到可疑。

……儘管這是特殊技能，我只教了一次，妮曼就能應用自如，可見她有多麼不凡。

之所以沒帶塔兒朵和蒂雅過來，主因是喬裝技術不足。

單單偽裝外表的話，有我幫忙就能迎刃而解。

可是，她們倆的狀況是舉手投足仍會跟原本一樣。要完美地飾演他人，得在自己的內心構築另一個人，在無意識間揣摩其呼吸、習慣、講話方式、舉止、思維、與別人的距離感。

若無法辦到這些，就只是角色扮裝而已。

一朝一夕是學不來的。然而，妮曼卻辦得到。

法麗娜公主的替身並非空有其名。

「呵呵，好期待看你殺人呢。」

「計畫書交給妳了吧。」

「對啊。可是，上面只寫了要趁這個機會動手讓目標病死喲。你真謹慎。」

「放心看著吧。雖然不知道妳看了是否就能理解。」

當我得以在這塊地方擺攤時，作戰就成功了九成。

我已經在事前得知王族遊行的路線、時間、護衛人數、布署、所使用的馬車等等，萬般情資都查清了。

（這裡就是最容易下手的地點。）

載著王子的馬車在行進路線會與觀眾在某處相當靠近。因為路幅變窄，馬車過彎就不得不貼近路旁。

那就是這個攤子的所在地。

跟王子所搭的馬車距離會接近到三公尺。

而三公尺，就是在這次條件下可以暗殺的距離。

為了在這個位置擺攤，我借助了洛馬林家的力量。

可麗餅的銷路始終良好。

隨後，顧客的數量開始略減。

因為遊行開始了。

路幅會變窄，因此由負責整理隊伍的士兵們先行開道，讓隊伍改換方向，確保馬車的行列有空間可以通過。

接著，載著王族們的馬車陸續從眼前通過。

尤其有人氣的是第一王子。第一王子被譽為武神，不只本身強得驚人，其統率力及韜略也可圈可點。不過，在政治方面能力較低。

然後，人氣次之的是法麗娜公主——暗殺的委託者。她的魅力在於美貌出眾，與滿懷慈愛的微笑。

王都每個月都會舉辦一次由她在亞爾班王國最大歌劇院展現歌喉的慈善演唱會，場場爆滿，門票幾分鐘內就會售完。

根據到場聽眾的說法，似乎可比天籟。

她的人氣宛如偶像。

然而那是營造出來的形象，她還具有身為謀略家的另一張面孔。

到目前為止，除了第二王子以外的所有王子、公主都已經通過了，但是第一王子和法麗娜公主之外的王族都不太有人氣。

他們被民眾當成只是出生在王室的一群人。

接下來……

「終於到了嗎？」

壓軸的是第二王子。

考慮到領頭的是第一王子，有實力者應該會分別安排在隊伍的頭尾。

第二王子和第一王子形成對比，是在政治外交方面做出了成績而獲得認同。

再加上眉清目秀，人氣甚至不輸第一王子與法麗娜公主。

從人群的喧嚷聲之大可以知道他正在接近。

我提高專注力。

來了。第二王子和氣地笑著。

一如肖像畫所繪的秀氣青年，聲援的尖叫聲響起。

可是……他的眼裡毫無活力。

吐納紊亂，氣息沉滯。他的神智已然失常。

我便用圖哈德之眼看向這樣的第二王子。

分析他的魔力色澤，以及波長。

具備魔力者平時就會無意識地以魔力護身，光憑一般人持劍砍去不會造成致命傷。

殺他需要火力。

可是，施展有火力的攻擊難免會引人注目。

沒火力就殺不了目標，有火力會讓暗殺被發現。

（就是現在。）

我開始唱誦。

嘴脣幾乎不動，音量連眼前等著可麗餅的客人都無法聽見。由我跟蒂雅共同研發的新魔法。

這是無屬性的魔法，用途在於讓魔力相消。

配合對方的波長發射魔力，就能打穿目標的護體魔力。

因為不會傷害到肉體，連護體魔力被打穿這一點都無從發覺。

……只是，這項術式極為困難。

首先必須有圖哈德之眼，否則就沒辦法辨識波長，而要是注入的魔力過多，產生的效應就不是相消，而是會穿透過去讓對方感到疼痛。

在馬車經過的前一刻，魔法唱誦完成。

隱形魔力彈朝著第二王子的頸子飛去，打穿了流動的護體魔力。

接著，我使用偽裝成攤販設備的暗器，射出特製的針。

這屬於大型暗器，要帶這東西到場又不招來懷疑，能用的手段頂多只有擺攤。

第二王子按著頸子偏過頭，在跟護衛說些什麼。

接下來的對話我聽不見，因此要讀脣語。

『王子，請問您怎麼了嗎？』

『有點刺痛的感覺。沒什麼，繼續前進。』

第二王子從頸子上移開手。

上頭毫無傷痕。

成功了。

彷彿沒發生過任何事，第二王子行經而去。

「來，客人，這是您點的可麗餅。」

面帶笑容的我遞出可麗餅。

我看起來只是忙著在烤可麗餅。

沒有任何人會察覺我在剛剛那一瞬間已經殺了第二王子吧。

◇

遊行結束的同時，廣播宣布建國祭結束。

攤販陸續收攤，反觀酒館則開始熱情地攬客。

我們也匆匆收拾完畢。

「呼，好累喔。可麗餅暢銷真是太好了喲。」

妮曼伸了伸懶腰。

「是啊。我們回旅舍吧。」

如果是一般的商人，這麼晚出城會顯得不自然，因此我訂了旅舍。

當然，妮曼喬裝的店員也有份。

我會用佛朗克的身分安然度過這段時間，直到離城的那一刻。

「在遙遠的土地，孤男寡女投宿。絕佳的偷情機會呢。我啊，口風很緊喲。」

「我沒那種意願。妳別進我的房間。」

保險起見，我事先聲明。

「我覺得呢，年輕有衝勁的商人賺了大錢，要在稍微奢侈的店慶功才自然。」

「……這倒也是，有道理。我們走。」

「好的，請務必帶我見識底層民眾用餐的店家。」

王都的餐飲店全是高價位。

她居然把那些當成底層消費的店，有錢人就是這麼可怕。

◇

就讀學園時，由於王都幾乎是唯一可供玩樂的場所，我對城裡頭的店還算熟悉。

我從中選了有包廂，而且菜色美味的店。

之所以挑包廂，是因為妮曼恐怕有話想談。

上菜告一段落以後，我用了風魔法。

為了避免聲音外洩的魔法。

妮曼見狀便露出微笑。

她似乎從周圍的狀況看穿了這種魔法有何特性。

「那麼，辛苦你了喲。我有幾件事想請教。第二王子沒有死耶，不要緊嗎？」

「關於這一點，再過不久第二王子就會喪命，在城內的自己房裡。那樣最能夠避免留下後患，有利於我們。」

我掌握了王子的行程。

毒素已經調整過，等他回到自己房裡就會死。

「哎呀，你對我用回敬語了呢。真遺憾。」

「因為我當下並不是用佛朗克的身分行動。」

有風將聲音隔絕，所談的內容更與假身分無關。

目前在這裡的並非佛朗克，而是盧各。

「你究竟用了什麼方式下殺手呢？」

「我用了針，幾毫米的針。我將發射針的設備擺在攤位，假裝成廚具。細小的針要飛得遠並不容易，設備的尺寸勢必較大。這次之所以擺攤，是因為要夾帶大型的設備貼近到三公尺的最高射程內，就只能如此而已。」

攤販成了良好的掩飾。

「用那種細針殺得了人？」

「嗯，一般的針是不行，但我用的針本身就是以毒素凝聚而成。將針射進頸子的血管後，就會順著血液循環流到心臟。然後，在心臟裡溶化。」

「溶化以後會怎麼樣呢？」

「毒素將讓肌肉鬆弛，心肌鬆弛會使血流停止。這種症狀形同心臟病發作，可以營造出病逝的假象。」

「不會被驗出是毒發嗎？」

「針溶化後就會消失，而且只是從體內讓肌肉鬆弛，有別於一般的毒殺，不會留下痕跡。」

起碼在這個世界不會。

「原來有這種饒富趣味的毒。受教了。」

「第二王子在遊行結束的幾小時後，將在受到古代道具（Artifact）保護又沒有任何人能入侵的自己房間裡死於心臟麻痺。應該會被處理成病逝才對。」

「呵呵呵，完美無缺呢。這樣當前的問題就解決了喲……接下來是我們洛馬林家的工作，我會將王子病逝有效利用給你看。」

妮曼露出妖豔的笑容喝酒。

明明就只是這樣，卻嫵媚得驚人。

「菜餚與酒都享用過了，差不多該回旅舍。」

「好啊，就這麼辦嘍。」

妮曼將手伸了過來。

意思是要我領路。

效勞這種小事應該無妨。

多虧有妮曼事前打點疏通，而且攤子也是因為有她在才忙得過來，對此我是該表示感謝。

不過，得小心才行。

她此刻還把胸脯貼上來誘惑我。

而且這種香水並非尋常香水，是為了替男人助興用的。

現在想想，妮曼每一個舉動都是為了這件事。

她是認真想要迷倒我。

「呵呵呵，夜晚還很長喲。」

……看來回旅舍以後才要面臨真正的戰鬥。

可是，我輸不得。

蒂雅提醒過，明天還有約會。

我總不能帶著其他女人的味道赴約。

尤其明天要見的是為了我竭盡心力的那個女孩。

Episode17

第十七話　暗殺者與妹妹約會

The world's best assassin, to reincarnate in a different world aristocrat

我在旅舍的餐廳一面用早餐一面望向窗外。

隔天早上，第二王子「病逝」的消息發表出來，使得王都裡滿城風雨。

報紙透過印刷技術的發達而開始普及，號外賣得飛快，而我手邊也有一份。

我讀著報紙，用果汁潤喉。

「在用餐時讀報紙可是有失禮儀喲。更何況，你不覺得這樣對一起用餐的女性不禮貌嗎？」

待在我眼前的，當然是從昨晚就一同行動的妮曼。

由於我們仍在王都，喬裝也都維持不變。

「這也是工作。我要確認第二王子病逝的消息是用什麼形式公開。」

目前我以佛朗克的身分跟她相處，因此講話不拘小節。

「男人總是會像這樣拿工作搪塞耶。不過，有才幹的男人真棒。」

「客套話免了，差不多該動身嘍。我想盡早前往下一座城鎮。」

「明明就不是在跟你客套。唉……屈辱。我可是勾引了一整晚耶，你卻不碰我。」

「妳討厭我了嗎？」

「不，這讓我的鬥志油然而生喲。」

「那真遺憾。」

我們沒有理由繼續在這裡逗留。

趕快離開這座城吧。

◇

離開王都後，我們駕馬車來到鄰鎮。

在鄰鎮前往指定的旅舍，馬車和行李都託付出去了。

處分這些東西及滅證是由洛馬林公爵執行。

這間旅舍是洛馬林公爵家的據點之一，包辦見不得人的工作。

我整理過儀容，再到另一個房間。

在那裡的是跟我一樣解除喬裝，已經取回亮麗美貌的妮曼和洛馬林公爵。

「辛苦你了，盧各·圖哈德小弟。我本來就認為你辦得到，豈料手法竟如此巧妙。精湛。不折不扣的『病逝』，甚至沒有人敢質疑這是暗殺……不過，少數內心有鬼的分子要屏除在外就是了。」

洛馬林公爵昨天也在王都。

適逢建國祭，四大公爵會全部集結於王都。

他當然明白國家高層是如何看待第二王子的死。

「公爵這麼說，看來不只對外的聲明，連高層都認為王子的死因是病逝。」

有種情況常常發生。即使明知道死於暗殺，為了不讓民眾混亂，對外就當成病逝來發表。

「正是如此。無外傷，亦無下毒的痕跡，王城未被入侵，在自己房間裡心臟病發。找不出懷疑的餘地。能用這種手法殺人，莫非是因為你有表面上行醫救人的知識？」

「我不否認。畢竟最了解要如何把人弄殘的是醫生，負責研判他殺或病逝的也一樣是醫生。」

「可靠的本事，同時也令人感到害怕。只要你有意，應該也能讓我『病逝』吧？」

「是的，有條件就可以。然而，我應該不會那麼做。圖哈德之刃是為了亞爾班王國而存在，而且，洛馬林家對亞爾班王國是必要的。」

雖然有許多可疑之處，行事也恣意妄為，但他們肯定是將國家利益擺在第一。

「模範答案，而且也是肺腑之言。你果真不錯，我越來越中意你了。報酬會透過跟往常一樣的管道支付，你大可好好期待。我有特別打賞。」

「那麼，我告辭了。」

「不，先等等，我有件事要問。聽好，事關重大。」

語氣雖溫和，卻有種不容分說的魄力。

原本使勁要起身的腿不由得停止動彈。

「我什麼時候可以見到孫子的臉？」

然後，衝口而出的卻是腦袋犯傻的台詞。

「這我不好回答。」

「……是嗎？真遺憾。」

「對不起，父親大人。我花了許多心思努力，可是，喬裝後似乎讓魅力打了折扣，聖騎士大人並沒有碰我。」

「原來是這麼一回事。聽說你被妮曼誘惑卻能坐懷不亂，我還懷疑你是同性戀呢。嗯，看來重頭戲要等到學園恢復授業了。」

「是的，我會設法在就學期間懷上盧各大人的孩子給您看。」

女兒這邊還講出更加犯傻的台詞。

學園嗎？

這麼說來，報紙上有寫到修建工程順利，可期於下個月恢復授業。

「那麼，這次我真的要告辭了。」

「約會要加油喲。」

「我可不記得有跟妳提過這件事。」

「即使沒說出口，我們也能心意相通啊。」

真敢說，純粹是經過調查的成果吧。

「還有呢，我想我的笨青梅竹馬會給聖騎士大人添麻煩。即使如此，還是要拜託您當他的益友。」

笨青梅竹馬？

我花了一點時間回想。

對喔，妮曼之前是這樣稱呼諾伊修的。

……妮曼擔心諾伊修，還特地喬裝混進他舉辦的派對。

目前恐怕也還繼續在監視他。

妮曼應該從中掌握了什麼情資吧。

「嗯，我不會棄他於不顧。」

諾伊修到底闖了什麼禍？在約會之前，我多了一項操心的事情。

◇

離開旅舍以後，我前往約好的店家。

今天挑的碰面地點是由可靠商人推薦的店家，讓我倍感期待。

滿脫俗的店。雖然肯定算高檔店，但與其說專供富人消費，更像是一般平民偶爾可以來享受的店。

大概是因為這樣，氣氛平易近人，並不用繃緊神經。

我報出等待的人的名字，侍者便為我領位到店內。

「準時抵達呢，盧各哥哥。」

「好久不見，瑪荷。」

歐露娜也有參加王都的建國祭活動，所以她才會在這裡。

我向女服務生點了茶，還有聊天之餘當零嘴的餅乾。

「每次見面，妳都會變得更漂亮。」

秀麗藍髮富光澤而近似黑色，胸脯不大仍有副姣好出眾的體態。

淡妝配上時尚的服裝。

瑪荷跟塔兒朵及蒂雅不同，是個適合用美麗而非可愛來形容的女性。

「是啊，多虧如此，有不少蒼蠅纏得我煩心。真希望有人能幫忙驅蠅。」

「要不要我幫妳僱個保鑣？」

「還有更實惠的做法喔。如果哥哥能送一枚戒指讓我戴在左手無名指，可就太令人高興了耶。」

「我會考慮。」

瑪荷喜歡開這種玩笑。

但也不盡然是玩笑話，混了真心在其中。

姑且不提是否戴在無名指，送戒指肯定能讓她高興。

來安排一枚精選的珍品吧。

「虧妳騰得出時間。」

「硬是騰出來的，用稍微蠻橫的方式。我累壞了，這幾天幾乎都沒得睡喔。一到王都就有各界人士湧來，有的想合夥，有的想談技術合作，有的想加盟開分店，有的還說可以出資讓我從巴洛魯商會獨立，看來到處都有人巴不得剽竊歐露娜的商品呢。」

「畢竟到現在依然只有歐露娜做得出乳液啊。」

「還有巧克力也是，那使我們更添注目了。之前就有第三王子署名來信，說是王室接到他國的大貴族熱烈央求，要我們送乳液和巧克力的綜合禮盒過去。」

「我們終於成了王室御用品牌啦？」

「榮幸得令人落淚呢。」

我和瑪荷笑了笑。由我創立的化妝品牌，歐露娜。

其優勢在於別處做不來的魅力商品。

主要是從我的知識裡選出能賺錢又難以重現的產物當主力。

「所以妳怎麼回應？」

「我痛快地削了一筆。」

我詢問瑪荷索取的代價。

「真狠。虧妳能讓王室答應那樣的條件。」

「簡單得很。我查出了求取歐露娜商品的他國大貴族是誰，然後打探到對方奉上了什麼東西給亞爾班王國。之後就好辦嘍，我把價碼哄抬到王室勉強還合算的地步。王室也知道我們的顧客多屬權貴，便不會強行施壓。所以我才判斷在合算的範圍內就能讓王室妥協。」

「厲害。妳深諳經商之道。」

相當符合商人本色的出手方式。

交涉靠的是情報，只要了解對方肯妥協到什麼地步就會贏。之後，我又聽瑪荷談了許多事。

瑪荷說得眉飛色舞。

從隻字片語中傳達出她希望被誇獎的情緒。

所以我一邊接話一邊積極地誇她。

眼神發亮，呼吸急促。她雖成熟，在這時候就會表現得合乎她的年齡而惹人憐愛。

實在是個可愛的妹妹。

看瑪荷這樣，連我都會跟著欣喜慶幸，真不可思議。

「妳很努力呢。」

「對啊，我很努力喔，背地裡的工作也一樣。我照哥哥的拜託，調查了葛蘭費爾特伯爵夫人和諾伊修·凱菲斯的相關情資。」

我從瑪荷那裡收下資料。

身為蛇魔族的葛蘭費爾特伯爵夫人當然要查，而我對諾伊修的狀況也有些掛懷。

「就算不特地委託我，哥哥有洛馬林家協助，交給他們不是比較好嗎？」

「我們這裡的情報網固然跟對方有相等規模，種類卻不同。即使調查的是同件事，換個角度就會看出其他端倪。」

對方用的調查方式是派諜報員，出動的是行家。

我們雖然也會用諜報員，人手卻來自民間，更加重視的是市場流言，以及商人從金錢物流等獨自觀點所獲得的情報。

「……謝謝妳，我大致懂了。沒想到諾伊修會拋下騎士的尊嚴。」

不可跟葛蘭費爾特伯爵夫人有所牽扯，這是我在決鬥後要敗方遵守的約定，諾伊修卻還是跟蛇魔族米娜保有交流。

難以想像自尊心強的諾伊修會玷汙那場賭上騎士尊嚴的決鬥，但從調查結果來看，他是洗不清了。

「對啊，不過，他似乎不像第二王子那樣被迷得骨氣全失。」

「嗯，我也在意這一點。若他寧可拋下騎士的尊嚴，最先要懷疑的原因應該是陷入情網。」

諾伊修會接近那個魔族，究竟是為了什麼？

忽然間，在我腦海裡浮現了諾伊修的臉。

他跟塔兒朵決鬥落敗後的臉。

『告訴我！妳是用什麼方式獲得了那種力量？我要……我需要力量！』

那並非出於欲求，而是更加急切的悲痛吼聲。

難道他是為了從魔族那裡獲得力量，才會接近米娜？

那樣也很奇怪。

畢竟諾伊修根本不可能發覺米娜的身分。假設他有發覺，即使是為了獲得力量，再怎麼說會去拜託與人類為敵的魔族嗎？

「……然後諾伊修最後就失蹤了？」

「是的，他對熟人與家人交代過要去旅行重新鍛鍊自己。在同一時期，葛蘭費爾特伯爵夫人也不知去向。」

「妳覺得會是巧合嗎？」

「八成不是呢。」

諾伊修那傢伙到底在想些什麼？

……妮曼拜託過，即使笨青梅竹馬闖了禍還是要請我繼續跟他當朋友，這句話同樣令人掛懷。

「能委託妳追查諾伊修的行蹤嗎？」

「已經在查嘍。我交代下去了，只要他出現在巴洛魯商會設有物流網的城鎮，立刻就會接到聯絡。」

「瑪荷，妳真是優秀得嚇人。」

「因為有哥哥鍛鍊過啊……我想盡可能多貢獻一份力量才這麼賣命。畢竟我會的就只有這些。」

她秀出頭頂表示希望我摸頭，這跟塔兒朵偶爾會有的舉動一樣。

當我照瑪荷的願望做了以後，冷靜的臉孔就隨之放鬆，還露出小孩撒嬌般的表情。世上大概只有我能看見瑪荷的這種臉。

「那麼，工作到此結束。我們去約會吧。」

雖然諾伊修的事令人在意，現在卻無能為力。

更重要的是，瑪荷為了我這麼賣命，我希望盡量多討她的歡心。

「嗯，我一直在期待這天喔。」

我拿起帳單，然後起身。

「今天哥哥會用什麼方式讓我開心呢？」

「這是祕密。」

「我喜歡讓哥哥帶領，因為總是會有新發現。欸，我從之前就想問，是不是可以讓我從妹妹變成妹妹兼女友了呢？」

「……妳是我的家人啊。」

「嚇我一跳。這次大有進步呢。以往哥哥都會立刻回絕，剛才卻苦惱了一下耶。心境上是不是有了什麼樣的變化呢？呵呵，不趁勝追擊可不行。」

瑪荷芳心大悅，還貼過來挽我的手臂。

今天由我負責領路。

為了回報對我如此盡心盡力的瑪荷，我有仔細規劃過。

而且我還有準備禮物。

接下來，我要思考的只有讓瑪荷開心。

要不然對瑪荷可就失禮了。

Episode18

第十八話 暗殺者予以牽制

The world's best assassin, to reincarnate in a different world aristocrat

跟瑪荷的約會很愉快。

我在高級餐廳用晚餐，一邊這麼想。

跟蒂雅或塔兒朵約會當然也很愉快，但是跟瑪荷約會就跟她們略為不同。

蒂雅會讓我帶路，並且大方地提出要求。

塔兒朵跟蒂雅一樣是交給我帶路，不過她會觀察我的臉色，對我處處關心，都不提自己的要求。另外，就算去的地方不合喜好，塔兒朵也會為了我裝出開心的模樣。

然後，跟瑪荷約會的話，負責領路的一方就會不時交換，她肯積極地動腦取悅我，進而採取行動。

這樣能帶給我刺激，既讓人開心又有新發現，可以拓展自己的世界。

當然，這並不是嫌棄跟她們倆約會無聊的意思。蒂雅耍起任性很可愛，還懂得直接向我提出要求，相處起來明瞭輕鬆。

塔兒朵會勉強自己裝出開心的模樣，相處上是有困難之處，卻能感受到她對我的愛慕，關心我的時候也能搔到癢處。

換句話說，跟她們三個人約會各有樂趣。

「嗯～～今天的約會很棒呢……正因如此，實在很捨不得離開呢。」

「我也很開心，瑪荷，之後又有派對要出席嗎？」

「就是啊，沒錯。有幾場派對推辭不掉，這是最後一場。我已經受夠王都了，閒暇的權貴可多了。」

眾多貴族著迷於歐露娜的魅力，他們要是知道歐露娜的代理代表來到王都，必然會希望邀來自己的派對作客。

邀請歐露娜的代表到派對是為了搶先確保商品，也是為了更進一步認識歐露娜……更重要的是，可以在貴族間炫耀。

「從之前我就一直尋思，自己幾乎不會用回伊路葛的身分……我想讓妳成為歐露娜的代表，而不是用代理的頭銜。」

伊路葛・巴洛魯。

我的另一個名字，身分是巴洛魯商會的少東。

「不要。」

瑪荷立刻回答。

「妳現在也形同代表了吧。只要成為品牌代表人，工作會比現在更方便。」

「我明白，考慮到經營方面就只有好處。我實際體會到無論跟什麼樣的人談判，很多時候代表和代理代表的頭銜果真就是完全不同。」

瑪荷握有的權限跟身為代表的我一模一樣。

然而，對方不會那麼想。歐露娜的頭號人物終究是伊路葛．巴洛魯，眼前的少女會被當成代替品。

「既然這樣，妳為什麼不要？是在顧慮我嗎？」

「錯了喔。我就是喜歡在盧各哥哥的底下做事，我想為你奉獻，無論跟你有什麼樣的聯繫，我都不希望放手。這是我的任性，我始終想當屬於你的瑪荷。」

「這不符商人的作風呢。如果是個商人，與其在他人底下做事，應該更想擁有自己的店吧。獨立門戶是大多數商人的夢想。」

「……我也有那樣的夢想。我夢想的是在經商方面有成長，存一筆錢，將流離失散的同伴們召集回來，然後做新的生意，把父親被搶的商會要回來。」

「將歐露娜拿到手以後，妳就能一舉實現。」

瑪荷自信地對我露出笑容。

「希望哥哥別小看我喔。即使沒有得到歐露娜，我也會實現給你看。應該說，幾乎已經實現了。我都有寄報告書吧，之前寫到的那些新人，每個都有所活躍喲。」

「是那樣沒錯。」

瑪荷在遇見我之前是孤兒，曾經召集孤兒做生意。

那種生活受了有心人抓孤兒的影響，在同伴們被打散到孤兒院收養後從而告終。

而瑪荷最近找出了以往的同伴，還招募他們到歐露娜。

一半是出於溫情，另一半則是出於實際利益。

瑪荷的那些同伴從小就一路在嚴苛的環境生存至今，因此都刻苦耐勞。

雖然說有瑪荷在領導，光靠小孩就成功做起生意的經驗仍是至寶。

實際上，由瑪荷招募來的那些人都有所活躍，工作成效高於我對他們的投資。

歐露娜獲得了可貴的人才。

「更何況，原本歸我父親所有的商會規模也已經分化了約三分之一。我有把收購計畫交給哥哥吧。」

「那我也有看在眼底。」

過去歸瑪荷父親所有的商會業績在代表換人以後就日漸惡化，開始分售其資產。

瑪荷收購被賣掉的店以後，開了歐露娜的分店，以此為起點做出了不錯的成績。

以往我對瑪荷說過：「我不會要求妳別夾帶私情。但是，既然要夾帶私情，就要拿出成果。」

她照我說的辦到了。

「我在你的底下做事，也一樣能實現夢想喲。我會把以前的同伴救出來，也會拿回父親的商會，然後我還要當一名稱職的後援給哥哥看。我才不會說自己要選擇哪一邊，我全都要。我是夠優秀那麼做的。所以，你的底下才容得了我。」

我投以微笑。

瑪荷真是堅強。

而且她對我的好感既直率又能打動內心。

「謝謝妳嘍，瑪荷。」

「不客氣。一開始呢，我懷有的是恩情。假如我仍待在那個地方，不是手足無措地被殺掉，就是被賣給變態貴族了。多虧有哥哥才能得救，還讓我培養了身為商人的實力，所以我本來認為自己必須回報這一份恩情。」

「現在不一樣了嗎？」

「沒有不一樣啊，我現在還是這麼認為。不過呢，有更多的成分是因為我單純喜歡哥哥。」

滿足而幸福洋溢的表情。

我怦然心跳。

瑪荷已經不是小孩了，我重新體認到她是個美麗的女性。

「我也喜歡妳啊。」

「我曉得喲……話說回來，這樣更令人依依不捨了。照今天的走向，似乎可以直接促成好事的。我該走了，盧各哥哥，給我離別的吻當獎勵。」

瑪荷站起身。

她閉上眼，並且等著我。

長長的睫毛，細緻肌膚，體香和用量收斂的香水交雜成另一種氣味，這些都勾住了我的心思。

就這樣，我與她相吻。

嘴脣分開以後，瑪荷就紅著臉按著嘴脣。

「……我好高興。平時跟哥哥索吻，明明親的都是臉頰或額頭。」

「我今天覺得這樣吻比較好。」

「呵呵，我要努力工作了喲！」

瑪荷帶著開懷的嗓音和笑容跑步離去。

……我認識的瑪荷竟然會用跑的，看來時間真的很趕。

那麼，我先點一杯香草茶醒酒再離開吧。

當我享受送來的茶時，眼前有人刻意發出聲音坐了下來。

我的合作者就在這裡。

「你真的很受歡迎呢。小小的天才魔法師、大胸部的使槍女僕、冒牌的公主大人，接著還有個貌美幹練的商人。每個女孩都可愛漂亮又才華洋溢，而且迷戀著你。」

「米娜嗎？沒想到妳會在這座城鎮。」

蛇魔族米娜。昨天我殺的第二王子正是被她搞成了廢人。

為何她會在這裡？為何她知道我在這裡？

難道說，情報從某處外洩了……有必要調查。

「我會扮成人類，就是為了享受人類的文化啊。我不可能不去參加慶典。呵呵呵，非常非常開心喲！人類又渺小、又軟弱、又醜陋，可是為什麼能孕育出這麼美好的事物呢？真是惹我憐愛。」

從米娜用葛蘭費爾特伯爵夫人的身分混進貴族社會中樞，還把這當成單純的娛樂，就可明白規模差異之大。

「妳是為了跟我像這樣閒聊才來的嗎？」

「怎麼會呢。呵呵呵，被你將了一軍喲。居然毀掉我的玩具，他可是排第二的寵兒喔。」

「妳說的是哪回事？」

這是在試探我。

我沒有糊塗到會留下暗殺的證據。

「哎，還跟我裝蒜呢。」

「實際上，事情就是與我無關。我是效忠於亞爾班王國的貴族，不可能對第二王子

拔刀相向。」

「莫非你是繞了圈子在質疑：『有證據嗎？』才沒有那種東西呢。不過，我起碼懂得管理玩具的健康狀況。那個玩具不應該壞掉的。那麼，只能想成是有人毀了他。而且能讓他在那種狀況下『病逝』的人，世界上只有你。換句話說，可見是你殺的。」

「狗屁不通的論調。」

「是啊，說起來狗屁不通，可是，這話並沒有錯……我實在是生氣嘍，想報復想得受不了。玩具被人毀了，我要不要也毀掉你的玩具呢？」

「妳說這些，可以解讀成向我宣戰嗎？」

「先動手的是你吧，你起的頭。」

我跟米娜靜靜地互瞪。

雙方都沒有一絲殺意。

正因如此，情況才不妙。

所謂的殺意，會透露訊息給對手。企圖、時機、底牌等等。

習於殺人者只有在威嚇時才會洩露殺意。

因此，習於殺人者在這種狀況下絲毫沒有現出殺意，可以說是準備採取行動的前兆，而非互相威嚇。

「呵呵，開玩笑的喲。那個玩具固然是我的寵兒，不過你比較有趣。為了這種事而失去你，可就太愚蠢了。」

米娜無奈地聳肩。

可是，我不會鬆懈。

她仍然大有動手的可能。

根據這點，我也跟著刺探對方。

「再次聲明，我沒有殺他。更何況，就算有那麼一回事，也是妳起的頭吧。我應該說過，別動我的朋友。」

「哎呀，原來你知道啊？目前在我心裡排第一的寵兒，那孩子實在不錯，可愛又可笑，而且一事無成。所以呢，我給他添了點福利……唉，但是被你戳中痛處了呢。我忍不住動了你的朋友喲。這樣的話，殺你的女友報復可就不合於理了。好吧，這次的事就當作彼此彼此。」

疑心變成了篤定。

諾伊修的失蹤跟米娜有關。

「……妳把諾伊修怎麼樣了？」

「近期內你自會曉得。應該說，麻煩事就此打住如何？我差不多想進入正題了。」

「原來談到現在還不算正題？」

「是啊，剛才那些小事根本無關緊要喲。」

魔族簡直不可理喻。

攏絡到手的寵兒被殺；放話要殺我的女友；暗地搞鬼讓諾伊修失蹤，對她來說居然全都無關緊要。

「下一名魔族就快要現身了喲。下一名魔族非常非常強，可以說強到你跟那些可愛隨從贏不過的地步。不過，請儘管放心，因為會有援軍來幫忙。」

「援軍？總不可能是由妳過來助陣吧？妳不是想隱藏跟魔族敵對的立場？」

「那才不可能呢。敬請期待嘍。話雖如此，你應該已經猜到了吧？」

「天曉得妳在說什麼。」

我在說謊。

從對話的走向，我能料到來的會是誰。

「我這邊先幫你把魔族的情報整理好了。啊，不能當場翻閱喲。可以說的情報都在這裡了，我不打算再透露什麼。誰教你口才好，感覺聊了就會害我說溜嘴。」

米娜從現場離去。

然後，我過目了資料。

沒想到約會之後立刻就遇上這種情況。

新魔族的出現將造成威脅。然而這次有情報，應該能順利解決吧。

Episode19

第十九話 暗殺者擬定對策

The world's best assassin, to reincarnate in a different world aristocrat

蛇魔族米娜提供的資料裡畫出了應會出現的魔族與現身地點。

該地名叫尚布倫，位於亞爾班王國西北方的都市。

由於尚布倫地處國境，以蒂雅的祖國司奧夷凱陸王國為中心，跟他國有交易往來，雖然遜於身為港口的穆爾鐸，繁榮程度仍屬可觀。

魔族預計是在三天後出現，時間極為接近，而且距離圖哈德領只有八十公里。

尚布倫的危機也會波及圖哈德。

我調查過尚布倫的人口，即使獻上城裡頭所有人命，要讓魔族追求的【生命果實】結果仍略嫌不足。

不足的話，魔族就會將目標轉向位於附近的圖哈德領吧。

「成為目標的是尚布倫對吧。我也有去過喔，那是座不錯的城鎮。」

「不僅是好城鎮，以圖哈德的立場更是不希望失去的城鎮。」

那對圖哈德來說是重要的生意對象，遠行採買之際的第一選擇，同時也是販賣領地產物的地方。

可取代尚布倫的城鎮有好幾座，無奈路程都太遠。

「這次的消息，你也是透過平時的情報網得知的嗎？」

隨著馬車搖晃，蒂雅這麼問我。

「嗯，跟平時用的一樣。」

我刻意掩而不提米娜的身分，因此就說明是從自己管理的情報網得來的消息。

隨行的人還有兩名。

一名是塔兒朵，她正在細讀我針對這次魔族出現所製作的資料。

以米娜的情報為基礎，再加上從雅蘭・嘉露菈得到的資訊，進而分析、寫出對策的文件。

然後，我對另一名隨行者搭話。

「沒想到妳真的會來。」

「我當然要來。」

有個長著紫色頭髮的絕世美少女在那裡。

紫被譽為貴人之色，看了她便會信服確實如此。

我約好跟魔族作戰時會讓妮曼隨行，因此就找了她過來。

「虧妳信得過我的說詞。」

洛馬林公爵也有獨自的情報網。

而且，他們肯定沒有新魔族的情報。

畢竟這是由魔族的內應透露給我的。

「呵呵呵，我非常好奇呢。畢竟，居然會有連洛馬林家都未能入手的情報。」

「妳不問我是從哪裡弄來的啊？」

「從你平時用的情報網對吧？」

「沒錯。」

妮曼笑吟吟的表情依舊沒變。

她是明白問了也沒用才不問我。

然而，那無非表示她會自己調查，並不是就此死心的意思。

當我們隨馬車搖晃時，塔兒朵的頭開始冒煙了。

「嗚嗚嗚，這個魔族太強了啦。它犯規！」

塔兒朵鄙夷似的看著翻閱過好幾遍的資料。

以塔兒朵的情況來講，連這種舉動都顯得很可愛，還能逗人發笑。

「的確。下一名魔族是獸王萊歐寇爾，據說特性正如其名，跟獅子相近。」

「盧各少爺，這頭獅子感覺好強喔。」

「是啊，貓科的肌肉柔軟有韌性，而且瞬發力驚人，還具備反射神經，能發揮肉食動物的卓越集中力……話雖如此，最後一項特徵倒是好對付。」

如果獸王萊歐寇爾是「單獨」作戰，就會給我容易暗殺的印象。

「明明它有高超的集中力耶。」

「為了將獵物手到擒來的集中力是狹隘又短暫無比的。我在狙擊時也會那樣，把自己和目標以外的資訊從世界上屏除。正因為集中得這麼『深入』，才不會失手。」

「啊，我明白了。少爺的意思是死角會增加，面對來自死角的攻擊，反應也會變得遲緩對不對？」

「是的，如妳所說。正因為這樣，我會需要助手的協助，好讓我可以只盯著獵物。因為有塔兒朵在，我才能專心暗殺。」

獵取目標的瞬間最容易露出破綻。

這是結構上避無可避的問題。

以逃跑為求生前提的草食野獸視野廣闊，時時都不會疏於警戒。

然而，獵人就不同。

集中力只要用在出手的那一刻就夠了，相對地，集中要深入。將一切都賭在剎那，凌駕於對方的集中力。

代價就是集中無法持續，而且視野會變得狹窄。

「盧各，但你認為那有困難對不對？」

「剛才說的在單獨作戰時會成為弱點，那傢伙卻有後宮。這也很像獅子的習性。」

獅子會以一隻雄性為中心，形成有好幾隻雌性組成的團體。

獸王萊歐寇爾並不屬於能夠孕育魔物的魔族，但是身邊時時都有隨扈。

「少爺，請問後宮是什麼呢？」

「我來回答吧。嗯～～要說的話，盧各跟我，還有我沒有見過的瑪荷也算在內，我們幾個的關係就叫作後宮喔。」

「請等一下，可不可以也把我加進去呢？」

蒂雅冷冷地望向妮曼。

「公爵大人並不希望這樣吧。假如妳跟盧各配成一對，就會滿心想著要把我跟塔兒朵趕走對不對？」

「才沒有那種事呢。克蘿蒂雅，我可是挺看重妳的喔。所以嘍，妳生的孩子應該會傑出得足以納入我們洛馬林家的血統。我都規劃好要接納妳了喲。等妳在盧各大人面前失寵，請來跟我商量，洛馬林家會替優秀的妳安排相稱的配種對象喲。」

妮曼的腦子依舊異想天開。

她固然具備獨占欲和戀愛一類的情感，不過更是洛馬林家的一員。

「唔哇，洛馬林家的人就是這樣。我可沒有打算將自己的小孩交給洛馬林家喔，妳還把腦筋動到我被盧各甩掉以後，簡直多管閒事耶。倒不如說，妳為什麼只來糾纏我？

塔兒朵呢？」

「洛馬林家不需要那個女生喲。畢竟，她只是非常努力的凡人罷了。」

「……啊哈哈。」

「欸，妳那樣說有點難讓人聽過就算了喔。」

「純屬事實喲。」

「請、請兩位不要為了我爭吵。」

塔兒朵插嘴調停。

她不否定妮曼說的話……而且，我也一樣。

因為我了解妮曼的發言在某方面來說是正確的。

塔兒朵並不算天才，天資平凡無奇。不過，她是個無比坦率且努力的女孩。因為性格坦率，塔兒朵能夠毫無成見地把教給她的東西直接吸收進去；因為肯努力，她只是比別人反覆多練習了好幾倍才學成本事。

跟我、蒂雅和妮曼屬於不同種類的人。

不過，還可以這麼想。塔兒朵坦率又能如此持續努力，這就是一種才能。

「話題偏了，我們談回正事吧，錯在我用了後宮這個詞。對手是領導有素的集團，而且雌性與雄性強度差異不大，還具有自我的意志，腦袋靈光，行動確實。空有數量跟領導有素的集團，兩者截然不同。」

彼此能有條理地相互配合，提升強度，抹去弱點。

優秀的群體能讓個體的力量拉抬好幾倍。

「盧各，我開始相當不安了，所以就先問一句，你說的那些雌性都屬於魔物吧？跟魔族不一樣，它們是殺得了的吧？」

「對，它們是魔物。可是，據說讓雄性碰觸以後，就會具備跟魔族同樣的特性。除非由勇者親手殺掉，或者待在【誅討魔族】的力場內，否則只要雄性一碰，它們死了還是會復活。」

蒂雅和塔兒朵沉默下來。

她們似乎明白對方是多難對付的敵人了。

「少爺，請問你打算怎麼擊敗它呢？」

「從結果而論，不管怎樣都得把雄性和雌性隔離才能解決。所以說，就那麼做。」

「你有具體的方法啊？」

「有。蒂雅，妳記得我平時用於施展【砲擊】的大砲吧？」

「是那座凶猛的武器嘛。」

「我稍作改造，把它變成了離陸彈射器……就是發射台。我會用那玩意兒把雄性彈飛到幾公里之外，然後盡可能將變得可以殺掉的雌性消滅，並且火化到連肉片都不剩，這樣即使雄性趕回來也不會礙事。要做的就是反覆這一套過程而已。」

儘管會讓人累得昏頭轉向，但這種手段應該有效。

而且，我還準備了當彈射器不管用時的做法。

「少爺說得容易，可是要實現感覺好困難。」

「這部分可以下工夫克服，麻煩妳們相信我。」

這不是嘴硬，我有明確的藍圖。

可以感覺到視線。

妮曼從剛才就默默地看著我這邊。

「妳有什麼話想說嗎？」

「明明有更簡單的方法，盧各大人卻不用，讓我覺得不可思議。」

果然憑妮曼就會察覺。

只要容許某一點，就有遠比這輕鬆安全的方法。

「能不能說來讓我當參考？」

「盧各大人在學園曾經靠廣範圍的超威力魔法，一舉轟飛巨魔大軍吧。用那招就可以了啊。雄性以外的敵人沒被雄性碰到就不會再生吧？那招八成能夠將它們轟得連肉片都不剩，即使活得下來也會被轟到遙遠的彼方。就算雄性復活，這樣一次就能讓雌性無法重振了。」

她指的是神槍【昆古尼爾】和【砲門齊射（Fullfire）】。

塔兒朵和蒂雅發現原來有這一手，都用欽佩的眼神看向妮曼。

「這我也有想過。然而，魔族神出鬼沒，要在離尚布倫非常近的位置才能發現它們。尚布倫的外牆脆弱得無法與學園都市或王都比擬。假如我在該處動用那道魔法，會連同城鎮一起炸翻。」

那就是為難之處。

跟巨魔魔族交戰時，敵方大軍離陣地相當遠，又有牢固的護牆。

跟兜蟲魔族交戰時，全體居民本來就已經被殺了。

可是，這次不同。

「那又何妨？這是為了拯救世界的戰鬥，我認為尚布倫居民的價值並沒有重要到非得讓接下來必須繼續守護世界的聖騎士大人冒著風險對抗強敵喲。」

「妳和我在見解上有歧異。若是用這點風險和數量過千的性命相比，我選擇後者。希望妳別誤解了，假如被逼得非那麼做不可，我便有犧牲千人性命的覺悟。然而，這次不值得那麼做。考慮到憑我們就能達成，我才會如此提議。」

我無意否定妮曼的意見。

我也無意聲稱人命比什麼都寶貴。

假如我死了，世界就會毀滅，這我有所理解。

況且，我判斷自己扛得起這點風險。

「既然盧各大人明白就無妨。妳們兩位覺得如何？」

「我支持盧各，他不會說自己辦不到的事。」

「是的！我也相信盧各少爺！」

「哎，多麼動人的信賴。」

妮曼露出了一絲跟以往種類不同的笑容。

接著，她臉色開朗地拍手。

「我真是的，問了多麼愚蠢的事情。畢竟盧各大人早就容忍了必要的犧牲，這次作戰就是以此為前提。像你這樣才不可能講出天真的論調。呵呵呵，我對你又多了一層著迷，讓我成為你的手足效勞吧。有我的光魔法就可以提高成功率。倒不如說，你從一開始就是這麼指望，對不對？」

「虧妳了解。包含這一點在內，我已經估算過風險。」

「第一次有男士能跟我擁有相同觀點。果然，我們是該結為連理的。」

馬車朝著決戰之地駛去。

（直到最後都無意說出口的想法被她看穿了嗎？）

我有一點瞞著塔兒朵和蒂雅。

這項作戰已經是對損害有所容忍的作戰。

假如真的想減少犧牲，就必須讓尚布倫的居民去避難。

然而，要讓居民避難就必須對國家供出情報來源，而且居民不在的話，大有會導致魔族改換目標的風險。

倘若目標改成完全沒有預料到的地方，損害將變為好幾倍。

即使獲得了人心，我仍是暗殺者，會用數量來計算生命。

魔族的目標萬萬改不得，因此我容忍讓人們在尚布倫遭戰鬥牽連而死，基於這樣做估計可以救到更多的人。

然而，正因為我選了這條路，我會賭上自尊，不能造成超乎容忍的死傷。

這便是我唯一能做的事。

Episode20

第二十話 暗殺者寄予關心

The world's best assassin, to reincarnate in a different world aristocrat

抵達目的地尚布倫的我們找了旅舍投宿。

魔族來襲前的這段期間，要在這座城鎮度過並且做準備。待在城裡最容易應對。

我們一邊用餐一邊舉行作戰會議。

「嗯～～這座城的料理果然不錯，感覺好懷念喔。」

蒂雅一臉滿足地把餐點送進嘴裡。

用上滿滿奶油的香煎河魚，特點在於放了大把的炒洋蔥。

味道本身並無值得一提的亮點，對蒂雅來說卻是故鄉的滋味。

正因為這座城鎮位於與司奧夷凱陸王國的國境附近，那邊的料理也傳了過來。

「請問，妮曼小姐，您跟我們一起用餐不要緊嗎？」

「當然嘍。正如同我日前提過的，我們在為了打倒魔族而同道的這段期間是隊友，我跟妳們立場相同。」

於妮曼隨行之際，我開了一項條件。

那就是在作戰行動中會把她當成普通人對待。

這不是為了打成一片才做出的要求。

倘若要團隊行動，將指揮制度一元化有其重要性。即使隊伍人數不多，有兩個領導者存在的狀況會使成員表現大打折扣。

「就算少爺這麼說，妮曼小姐貴為公爵千金……」

「塔兒朵，這種謹守分寸的態度是妳的優點，但我覺得也算缺點喔。這就跟在軍隊裡一樣啊，即使是大人物的兒子，對長官的命令也要絕對服從，不會有特殊待遇。要不然大家都會戰死的。」

「蒂雅說得對。因為妮曼表示能接受，我才會帶她過來。」

「對喲。所以請妳像蒂雅一樣，稱呼我妮曼吧，塔兒朵。」

「好、好的，那、那個，妮曼。」

塔兒朵戰戰兢兢地直呼妮曼的名字。

「嗯，不錯喔，就是像這樣。啊，妮曼，拿鹽給我。」

「來，蒂雅。」

……蒂雅好像就稍微乾脆過了頭。

以蒂雅的情況來說，思路是奠基於合理性，而且蒂雅跟地位高的貴人本來就相處慣了吧。

「還有另一項條件，妳沒忘吧。」

「是的，當然了。在隊伍裡得知的情報，我不會對任何人透露，也不會將你的技術挪作他用。」

「嗯……我們擁有不想讓人得知的技術及戰術，而且魔族並非藏起底牌還能對付的敵手。假如那些條件得不到同意，我就會用盡手段讓妳無法跟來。」

這也是事前講好的。

我擅長的【槍擊】、【昆古尼爾】、【磁軌槍】等招式都不能曝光。

封藏這幾招就不可能殺掉魔族。而且既然要用，不事先要求隊友守口如瓶，便無法採取作戰行動。

「那我也可以保證會遵守。萬一毀約，我將遭到什麼處置呢？」

「沒有什麼處置，我會把妳視為敵人，再也不信任妳。進一步說吧，像這種約定想鑽漏洞，方法多得是。比如派自家的手下尾隨在後，由那些人洩密就不算是妳說的了。我刻意不去防堵這些漏洞，就算妳要辯稱『自己有守約』，我仍會認定妳是敵人。」

「哎呀呀，那就太令人哀傷了。不過你明言要與我（洛馬林）為敵，這樣好嗎？」

「嗯，我自認有能耐跟妳叫板……何況只是要殺妳的話，我隨時能得手，即使對上洛馬林家之人也一樣。」

我刻意顯露出殺意。

這是威嚇，也是表明決心。

妮曼睜大眼睛，按住了發抖的手。

「呵呵呵，你果然是暗殺者呢，多麼冷酷的眼神。不過，好就好在這裡喲。請信任我，我不會做出惹你討厭的事，畢竟你將來會是我寶貴的夫婿。」

「我可不記得有同意過後半段。」

「這跟你同不同意有關係嗎？」

她到底是洛馬林家之人。

「總之，妳能夠了解就好。先用餐吧，吃完這頓飯，我要開作戰會議。」

「好的，那就來享用這份庶民的滋味吧。」

「這算滿豐盛的大餐耶。」

塔兒朵不可思議似的望著妮曼。

公爵千金以及貧窮農村出生的落差。

不管怎樣，好好吃一頓吧。

得療癒長途旅程帶來的疲倦才行。

◇

隔天，為了掌握城鎮的地形，我們所有人便實際踏訪。

雖然我早就弄到了城裡的地圖，但仍有必要親眼看過。

在這次作戰中甚至有預料到巷戰。不，演變成那樣的機率很高。

對方具備貓科的特質，而且會在離城鎮極近的距離集體出現。

速度飛快，而且跳躍力驚人。轉眼間就會接近城鎮，一跳便能越過護牆。雖然說有洛馬林家的精銳人員監看四方，但那是防也防不住的。

昨天，我在馬車裡提過【昆古尼爾】不能用的理由是出在護牆脆弱，不過那設想的是碰巧於城外成功迎擊敵人的狀況。如果在城裡頭施放那一招，別說會造成損害，整座城鎮都將毀滅。

「嗚嗚嗚，不管在哪裡作戰，好像都沒辦法抑制對城裡的損害。」

塔兒朵一邊東張西望一邊這麼說。

「是啊，這座城鎮是如此繁榮，有犧牲在所難免，我們並不是神明。」

「少爺說得是，不過，我會覺得哀傷。」

我摸了摸塔兒朵的頭。

「塔兒朵真溫柔呢。」

「沒有那種事。只是，我討厭那樣而已。」

害羞歸害羞，她還是一臉舒服地對我撒嬌。

「我有個主意喲。既然都像這樣預先過來探查了，我們何不同時占取地利與設伏，運用這兩項優勢呢？」

「想活用這種優勢就要設陷阱。確實或許會有效果。」

既然知道敵人會來，做好迎戰態勢是必備之策。

不過，倘若設想的對手是魔族，就必須有超高火力。

陷阱得是一旦啟動就能炸翻十幾間民宅的貨色，而且要安裝好幾個。

……這也是以犧牲他人為前提的戰略。

然而，就算沒有那些陷阱，一旦交戰肯定還是會發生同樣的損失。

既然如此，我們應該預先選定淪為戰場也能讓犧牲相對較少的地方，把陷阱設置好再引誘成群到來的魔族，藉陷阱的力量將戰場固定在那一帶。

「那就趕快來動手吧。」

「我何嘗不想那麼做，可是有難處。製作陷阱的物資有辦法張羅，然而，問題在於安裝陷阱，魔族踩中之前就會先被人發現。」

「那也不成問題。我們把民宅當成安裝陷阱的場所吧。我會用錢砸在屋主臉上，把他們的房子買下來，這樣就可以任意安裝了喲。」

要在這樣的人潮中設陷阱，那會是最好的做法。

在收購的房屋裡進行作業便不會有人礙事，也方便隱藏陷阱。

「不過那會是一大筆開銷，行嗎？」

「錢用在該用的時候才會有價值啊。」

「就承妳美意吧。」

既然能讓勝率多提高一些，我們就該借助妮曼的力量。

◇

後來我們一邊確認地形，一邊買下十六間用來設圈套的房屋，並且裝了陷阱。

安裝的是可以遙控啟動的陷阱。

「好雄厚的財力。」

「我們洛馬林家收入豐厚啊。」

基本上，魔族也有可能不出現。

即使出現了，可以的話也要優先在保衛城鎮的護牆外作戰。

這座城大有可能不會成為戰場。儘管如此，妮曼仍用近兩倍行情的價格買了十六間房屋。

「如果派不上用場就抱歉了。」

「沒關係喲。難不成你以為我沒發現？你買下的房屋全都位於方便重新利用且好做生意的地段。即使用加倍的價格收購，憑你或我都可以靠著這幾塊土地輕鬆回本。」

「連這都被妳發現啦。先跟妳聲明，我是以陷阱的有效性為前提才從中挑了這樣的土地，以免讓妳花冤枉錢。」

即使對妮曼來說不算多大的開銷，但仍是一大筆錢。

那麼，我也希望先考慮以後。

「應該不只是這樣吧？你真的算無遺策呢……畢竟那幾塊地全位在周圍只要被戰鬥剷平，價格就能漲好幾倍的地點。你啊，很適合去炒地皮喲。」

「唔哇，盧各打這種算盤還滿狠的耶。居然會料想到淪為戰場被剷平以後的事，就先把地買起來。」

「這可不是為了照顧妮曼。先做好這些措施，倘若城裡淪為戰場，就能照顧到原本住在那裡的人。」

妮曼和蒂雅偏頭表示不解。

「價格變高，就表示可以高價收購。」

「啊，原來如此。只要有人高價收購土地，因為城裡成為戰場而無家可歸的人就不愁沒有錢或沒地方住了，對不對！」

我點頭。無論把何處當戰場，都會造成眾多犧牲。既然如此，只要把戰場設在可以高價收購的土地，便能讓失去居所的人們賺取資金展開新生活。

「啊，原來是這麼一回事。盧各的心思細密過頭了呢，會禿的喔。」

「那可就討厭啦。」

我露出苦笑。

盡可能偽善。這是我成為盧各・圖哈德以後萌生的行動方針。

我不打算自我犧牲，也不會做出讓暗殺成功率降低的事。可是，我希望在能力可及的範圍內多關心他人。

重生前的我肯定想都不會去想這些吧。

我們在最後一棟房屋安裝好陷阱。

「……陷阱到此設置完畢，只剩備戰而已。還有，妮曼，我有一件事要先告訴妳。在我們與魔族作戰的過程中，諾伊修八成也會現身，而且他放棄了人類身分當成換取力量的代價。身為亞爾班王國的貴族，那是不可饒恕的罪行。」

諾伊修渴望力量，把諾伊修當玩具的米娜則聲稱給了他福利。

更重要的是，米娜已經預言對抗連我都贏不了的強大魔族時，會有救兵現身。

從中可以推導出的答案只有一個。

不惜接受米娜的力量，還放棄人類身分的諾伊修將會出現。

「哦，那可是連我都不曉得的情報呢。好歹我也是相當認真在擔心那個笨青梅竹馬的喲。」

「假如那個笨青梅竹馬與我們為敵，妳要怎麼辦？先說清楚，我已經做出若有必要就殺他的覺悟了。」

「表示若非必要，你就不會那樣做吧？」

「被妳像這樣立刻把言外之意說破，會讓我很為難。」

「我也一樣……受不了那孩子。以前明明像小狗一樣，口口聲聲叫著姊姊跟隨我。不知道他是在哪裡走錯了路。」

妮曼微笑。

掩飾不盡的落寞流露而出。

她對諾伊修有感情。

那種感情與戀愛相差甚遠，不如說是對弟弟的關懷。

令人意外。只顧著體現洛馬林家思維的她，居然會對與利益毫不相干的諾伊修懷有情感。

「總之，這樣就設置完了。所有人做好準備，以便隨時都能因應魔族出現。」

「是，少爺，我會多吃多睡！」

「我會替這次研發要用的新魔法做最後檢驗。」

「那麼，我先來考慮戰後的處理吧。」

在這之後，無論魔族什麼時候來都不奇怪。

能做的事全都盡力了。

接下來，端看在戰鬥中如何行動。

Episode21

第二十一話　暗殺者開戰

The world's best assassin, to reincarnate in a different world aristocrat

我們一邊做準備一邊等魔族現身。

太陽開始西落，城鎮染上了夕陽的色澤。

蛇魔族米娜指定的日子是昨天，我們有可能以撲空作結。

然而，我不會放鬆戒心。作戰往往可見一兩天的誤差。

在旅舍保養手槍的蒂雅打了呵欠。

「妳缺乏緊張感呢。」

「有什麼辦法。昨天我一直都繃緊了神經嘛。」

「並不是沒有辦法。別將拉緊的心弦切斷。」

「也對喔，抱歉。我要上緊發條才可以。」

蒂雅用雙手拍了臉頰。

同樣在保養手槍的塔兒朵則捏了自己的臉頰。她的情況是緊張過頭而消耗到心力。

「……奇怪。」

妮曼咕噥了一句。

「有什麼狀況嗎？」

「收不到來自西側的定時聯絡。」

「我們離開旅舍往西邊去。」

「還沒有確定是魔族出現喲。更何況若沒有接到定時聯絡，其他據點的人應該會過去確認，再等一下比較好。」

「負責監視的是你們洛馬林家的精銳人員耶，那些人不可能因為發生小麻煩就疏於聯絡。要立刻趕往現場才對。」

我將【鶴皮之囊】掛到腰際。

其餘裝備都已經穿戴在身上了。

塔兒朵和蒂雅各自將保養完的專用手槍佩戴好，並且點頭。

「盧各大人說得對。我真是的，安逸到腦子都糊塗了。」

「或許別無異狀，但光是能確認這一點就有意義。」

就這樣，我們迅速趕去了。

◇

所有人動身往西。

「看來猜對了。」

用不著越過外牆，我就篤定精銳人員都被魔族殺害了。

畢竟眼前展開的是一片地獄景象。

百獸之王及其帶領的獅群正在蹂躪民眾。

看得見的魔物皆為獅子，全屬於無鬃毛的雌性。表示它們並非魔族，而是眷屬。

然而，就算是眷屬也不能掉以輕心。

其獠牙把民眾的頭蓋骨像糖雕一樣啃碎，利爪則把肉像奶油一樣撕開。

人們在哭喊間逃竄。

它們的身高近兩公尺，體長三公尺多，比普通獅子大一圈。

我用風屬性的廣域監視魔法調查周圍一帶，卻發現魔物們為了有效率地屠殺人類，已經分散開來。

散得這麼開就棘手了。

當我思索策略時，有雌獅魔物從抱著小孩逃跑的女性背後出現。

「請、請救救我們！」

利爪即將捕捉到人母的背。

「【槍擊】。」

為避免餘波傷及周圍人類，我選用可以點對點開火的【槍擊】，而非【砲擊】。

鎢製彈頭射出，不偏不倚地打進雌獅的額頭。

然而，堅硬的聲音響起，子彈被彈開了。

雌獅對母子失去興趣，當場停下來瞪向我這裡。

「妳快走！」

「好、好的！」

看來救人是成功了，也明白了敵方的特性。

「所以那種體毛的強度更勝於鋼嗎？」

否則就不會發出這種聲響。

而且，棘手的還有另外一點。

我的【槍擊】要貫穿鐵板還算輕鬆，就算對手硬得貫穿不了，也能以壓倒性的動能予以打擊並造成傷害。

可是，這頭雌獅並沒有接下槍擊，而是四兩撥千斤。

體毛被衝擊壓癟，進而讓子彈偏移方向。

那種體毛恐怕具有鋼的硬度，又像毛皮一樣柔韌，還在油脂保護下變得滑滑膩膩。

不僅子彈效果薄弱，揮砍及打擊也幾乎無效。

性質非常棘手。

「要來了！」

我出聲警告。

剛才的【槍擊】沒造成傷害，不過敵方似乎仍感到惱火。

雌獅單獨朝我猛衝而來。

「吼喔喔喔喔喔喔喔喔喔喔喔喔喔喔！」

真快。

貓科的肌肉具瞬發力，從第一步就能發揮全速。

其速度高達時速三百公里。

敵我間距為四十公尺，大約零點五秒就會被拉近距離。

唱誦【槍擊】根本來不及。

再加上對方有又硬又滑的體毛防禦。

原來如此，這種荒謬的速度與硬度，難怪洛馬林家的精銳束手無策。

不過，遺憾的是這頭野獸太看扁我了。

行動過於直線。

我從上衣內袋拔出藏著的手槍。

結構複雜得無法靠唱誦塑造，必須隨身攜帶的貨色。

相對地，用這玩意兒卻能不經過唱誦，威力精度皆優又可以連射。

（做工不賴，用來順手。）

離對方抵達不到零點五秒，不過用速射的話時間還有找。這是從前世就重複過幾萬次的動作。

我迅雷不及掩耳地拔槍，神速的兩連射。

當然，雖說威力高過【槍擊】，要貫穿那傢伙又硬又滑的體毛，光憑手槍尺寸的武器還是不可能達成。

然而，那不構成我無法打倒它的理由。

對，既然體毛棘手，那就瞄準沒有長體毛的部位。

對所有生物都會成為要害的部位，便是眼睛。

射出的子彈貫穿眼球，將位於深處的柔軟且重要的器官絞爛，使敵方當場喪命。

話雖如此，急衝撲來的強猛勁道未能完全遏止。

我用裝有金屬的靴底擋下獅頭。

……看來這麼做是對的。鋼鐵體毛銳利如針，用手擋會遭到穿刺。

「盡可能在這裡一面削減敵方數量，一面將分散的魔物引來！」

魔族萊歐寇爾的獸群為了大量屠殺人類，已經分散各地。

換句話說，雌性處於無法藉雄性碰觸而復生的狀態。

我希望盡量趁現在削減它們的數目。

「那樣不錯。」

蒂雅點了點頭，然後將雌獅的屍體火化。

既然雄性接觸會使其復生，燒成灰就行了。

新的雌獅出現。對方大概是聞出有同伴死亡，便停止屠殺人類，並且用懷有憎恨的目光瞪過來。

接著，它用吼聲喚來同伴，又有兩頭魔物出現。

受激情所驅，卻又冷靜而聰明。

……它們的頭頭教導有方。

「要來了！」

雌獅大概是認為三頭就足以對付我們，終於展開了行動。

它們分頭衝刺。朝我這裡來的傢伙忽左忽右地疾奔，怕被我用槍瞄準；另外兩頭則是找上塔兒朵和蒂雅。

對方身手這麼迅速又飄忽不定，單純要命中也就罷了，想精準射中眼睛並不可能。

話雖如此，殺這傢伙的底牌多得是。

忽左忽右地不讓我瞄準，表示有多餘動作，亦即逼近的時間將會延後……意思就是我有時間唱誦魔法。

唱誦在對方只差一步的時間點完成。

至死。

「【風檻】。」

我跟蒂雅創出的風屬性原創魔法。

這是讓前方半徑數公尺內的空間充滿二氧化碳的魔法。

生物踏入這塊空間，肺臟裡的空氣就會被瞬間剝奪，對腦部造成重大損傷，並昏睡至死。

體毛再硬依舊是生物，只要它會呼吸，就逃不過這道魔法。

靈活好使，而且得我喜愛的魔法。

我這邊解決掉了，不知道她們倆狀況如何。

我看向塔兒朵和蒂雅那裡，嘴角便隨之上揚。兩個人都成長得有擔當了。

「【風彈】。盧各少爺，我得手了！」

塔兒朵將魔力灌注於圖哈德之眼，以一紙之隔躲開了利爪，同時施放出貼地而生的風團將雌獅下巴擊穿。

由於那是風的力量，體毛無法卸去衝擊，腦門遭到強烈撼動的雌獅暈了過去。

而且在它停止行動後，短刀隨即捅進眼窩，無懈可擊。

塔兒朵身為暗殺者正逐漸成為大器。

【風彈】是由蒂雅研發，可在超短時間內唱誦完成的魔法。

雖說時間超短，唱誦中仍無法用魔力強化體能。在純靠基礎體能又捨棄守備的狀況下，必須有非比尋常的膽識和集中力，才能用魔法伺機反擊敵人。

至於蒂雅，她似乎選了更單純的取勝方式。

「【炎濁流】……你逃不過這招的喔。」

由剛才的火葬已經得知火對它們有效。

所以蒂雅憑著龐大魔力，釋出了避無可避的火焰洪流。

這等魔法需要相當長的唱誦時間。恐怕從敵方提高警覺時，蒂雅就開始唱誦了。

正因為有預判情勢，進而調整唱誦結束時間的高等技術，她才能用魔法捕捉到動作如此迅速的魔物。

有掌聲傳來。聲音來自從我們身邊退了一步，刻意在旁觀戰的妮曼。

「我原本就聽聞盧各大人本事高強，沒想到兩位隨從也有這等實力，讓人吃驚。」

「如果她們是累贅，我就不會帶在身邊。塔兒朵和蒂雅是我重要的助手兼戰力。」

這兩人若只有前陣子的實力，我就會獨自執行任務，不會帶來這裡。

她們持續在成長，如今我終於能放心將背後交給她們了。

「呵呵，你們那樣的關係真是美好喲。還有那邊的女僕，憑那種程度的天分居然能強到這種地步。我啊，突然對妳湧起興趣了。」

「天分固然重要，可是並不代表一切。不說這些了，重頭戲要來嘍。」

像這樣高調殺敵是有原因的。

敵方散開以後，正在屠殺居民。

要將分散各處的魔物一頭一頭地解決也嫌沒完沒了，而且敵方遠比我們快，要追上去打倒它們並不實際。

在這麼做的過程中，人類就會被殺光。

所以要把它們呼喚過來，而不是由我們去追。

具備獅子的特質，鼻子自然靈敏，應該會發覺同伴屍肉烤焦的氣味。然後，因為團體就是一個家族，對方才不會放過我們。而我的算盤打對了。

風之監視魔法有反應，好幾道氣息正往這裡接近。而且在那當中有一股格外龐大的氣息。

「賭命的追逐要開始了。跑吧！」

「是的，少爺！」

「附近有我們設陷阱的點，對不對？」

正因如此，我才會在這裡開戰。

趁這個時間點，我們可以從這裡趕抵設有陷阱的地點。

「妮曼，差不多該請妳停止觀戰了。妳也是戰力吧？」

「哎呀，被盧各大人這麼說，我也只好效力嘍。真遺憾，我本來還想多了解各位的本事呢。」

敵人已經認得我們的氣味了。

儘管還看不見，但對方應該會緊緊跟上來。

數量這麼多，硬拚會很吃力，所以我要讓它們確實中陷阱。

Episode22

第二十二話　暗殺者誘敵中伏

The world's best assassin, to reincarnate in a different world aristocrat

在魔族火速趕來的形勢當中，我們拔腿狂奔。

目的地是設有陷阱的地點。

「盧各大人，我現在才想到，敵方原本主動分散開來，我們是不是採用各個擊破的方式會比較好？」

我用的速度相當快，跟上來的妮曼卻還有餘裕講話。

「的確，那樣就能削減敵方戰力。可是，我沒那麼做有兩個理由。」

「願聞其詳。」

「第一，為了減少城鎮的損害。一頭一頭掃蕩不知道要花多少時間，在這段期間，那些傢伙會殺掉許多人。」

「心地仁厚呢。」

「早說過吧，我不會流於濫情，但是能救的性命還是要救。」

我怕魔族改換目標，就沒有讓居民事先避難。

然而，像這樣把魔物引來便能減少損害，而且我也靠妮曼的助力和聖騎士權限做了準備，倘若出了狀況就可以迅速誘導居民去避難。

「敢問第二個理由是？」

「為了將它們一網打盡啊，比起一頭一頭解決要來得省事安全。」

交手過就知道。

儘管我們打倒了四頭雌性，卻重新體認到敵人的危險性。

若陷入長期戰或遭遇戰，蒂雅和塔兒朵會有危險。

「我懂了。聖騎士大人果然可靠喲。」

「這句台詞，我希望是在打倒它們以後聽到。」

拐彎後，我們來到稱不上大街但相對較寬的路。

而後頭就有獅群出現。

魔族終於露面啦。散發出壓倒性存在感的雄獅——魔族萊歐寇爾駕到。

雌性固然相當壯碩，萊歐寇爾的塊頭卻又大了一圈。

以往見到的魔族全是人型，但萊歐寇爾屬於獸類。

雌性沒長的鬃毛具備黃金色澤，蘊藏著過人的魔力。

仔細觀察會發現它似乎聚集了大氣中的瑪那儲存起來。

「少爺，我們快被追上了！要絆住它們嗎？」

塔兒朵發出急迫的聲音。

如她所說，距離已被拉近許多，後續的增援也陸續從轉角趕到。

由於我方步調是配合腳程最慢的蒂雅，再過十幾秒應該就會被追上。

「不，無妨。應該說，這樣剛好。」

若維持現狀，我們會在抵達陷阱設置的地點前就被追上，不過只要靠最後衝刺爭取幾秒鐘，時間點便合乎理想。

「蒂雅、妮曼，照商量好的執行。塔兒朵幫忙揹妮曼。」

「嗯，盧各，我該開始唱誦嘍。」

「終於輪到我表現了喲。」

蒂雅和妮曼一邊跑一邊展開唱誦。

為了施展大魔法，幾乎全數魔力都要挪用過去，無法強化體能的兩個人因而減速。

我揹起蒂雅；塔兒朵揹妮曼，雙雙從長跑的姿勢改為短跑。

因為揹著人，撐不了太久，但是用全力跑就能爭取到十秒鐘左右，延後被敵方追上的時間。

而且，有這十秒鐘便能抵達設有陷阱的地點，並讓她們倆唱誦完成。

我跟塔兒朵全力衝刺到最後，勉強抵達了目的地而未被追上。

背後有魔族萊歐寇爾和它的二十七頭眷屬。

多虧道路夠長夠寬，對方排成了一直線。

完美無缺的時間點和狀況。

「蒂雅！」

「【鋼鐵城壁】！」

蒂雅施展她持續唱誦的魔法。

那是蒂雅的原創魔法。

彷彿要堵住寬路，有巨大鐵牆從地底下冒出。

假如只有半吊子的高度，它們就能躍過。

然而，蒂雅的【鋼鐵城壁】具有厚五公尺、高十五公尺的誇張規模。

由於規模如此龐大，我們需要夠長的唱誦時間以及將魔力凝鍊就緒的準備期。

跑在前頭的獅群猛力撞上鐵牆，較為後方而有餘裕的獅群隨即判斷要躍過這道牆，高十五公尺的牆頭卻實在跳不過，使它們紛紛撞上。

結果，連環事故引發了大混亂。

就算這樣，我們仍鬆懈不得。

雖然獅群目前陷入驚慌，但只要取回冷靜，它們立刻就會發現只要躍過側面的房屋就行了。

所以，我們要乘勝追擊。

「【眩暈光炎】。」

接著換妮曼完成唱誦。

這也是將概要告知蒂雅以後，委託她研發出來的原創魔法。

而且是光屬性的原創魔法。

明明蒂雅前些日子才剛學會光魔法，她卻設法趕上了。

相當於人類頭顱大的光球呈拋物線躍過鐵牆，飛向連環事故的現場。

「全體背對鐵牆，閉上眼睛！」

一秒過後，好似要將世界完全染白的白色閃光無聲無息地釋放出來。

【眩暈光炎】並非攻擊魔法。

這是用於鎮壓的魔法。

其真面目只是強烈無比的光。

不過，要是讓魔力在國內位居前茅的妮曼用全力施展，又會變得如何？

效果可不是短暫性致盲那麼便宜，視網膜將被瞬間燒穿，永遠剝奪視力。

要說的話，就是令人全盲。原本就陷入混亂的獅群被照瞎眼睛，更加倉皇無措。

先用蒂雅的【鋼鐵城壁】絆住敵人，再以【眩暈光炎】轟炸。

這樣一來，前置步驟才總算完成。

「戴上面罩！」

喊出下一道指示的我戴了將整張臉蓋住的面罩，並按下收納於上衣的開關。

圍繞在動彈不得的獅群旁邊的房屋悉數爆炸。

那是我們事先收購的民宅，裡頭裝了手製炸彈。

而那些炸彈的功能也不是以殺傷為目的。

我並沒有樂天到以為只靠那些民宅安裝的炸彈，就能將魔族及其眷屬統統殺光。

那種炸彈是會發出聲響及氣味的爆裂物。

足以震碎全城玻璃的巨大爆炸聲響起，超強烈的刺鼻臭味鋪天蓋地而來。

這些都具有驚人強效。

這種聲音會震破耳膜，搖撼腦部，將三半規管轟成全殘。

而這種臭味，再頑強的男子聞了都要瞬間失神，龐大負荷會讓知覺氣味的細胞就此損毀。

假如沒有專門防範的面罩，我們大概這一生都要失去聽覺和嗅覺了吧。

炸彈爆發後，我一邊進行唱誦，一邊拔腿衝往【鋼鐵城壁】的另一端。

穿過雌獅集團的這段路如入無人之境。

這也是理所當然。

被【眩暈光炎】燒穿視網膜而失明，又被陷阱震破耳膜，鼻子也跟著廢了。

視覺、聽覺、嗅覺全毀，雌獅自然什麼都看不見、感受不到。

它們強在優越的五感，靈敏過頭的耳朵和鼻子反成為罩門，傷害莫大。

我一開始的企圖便是如此。

既然殺不掉敵方，與其造成殺傷，更應該以確實無力化為優先。

搞定這些以後，我就可以直取魔族萊歐寇爾而不受其眷屬干擾。

果然萊歐寇爾正在靠魔族的力量再生，但是它還看不見我方。

我從【鶴皮之囊】取出特製砲台。

砲彈規格為720毫米，是我用於【砲擊】時的六倍。

而且彈頭一片平坦，附有倒鉤。

沒錯，這終究只是為了把它轟上天，封鎖住眷屬的再生能力，好將雌獅一網打盡的工具。

砲彈的設計並沒有辦法貫穿肉體，而會陷入肉裡，將動能傳導進去，好讓這傢伙一飛衝天。

由於有琺爾石裝填在內，即使我目前已經把全副魔力貫注於唱誦中的魔法，還是能開砲。

「【砲擊】！」

特殊彈頭發射出去。

不只是隨扈，魔族萊歐寇爾的眼耳鼻也已全殘，尚未再生。

會無條件命中的一砲。理應如此。

（不愧是百獸之王啊。）

我在內心送上讚賞。

明明看不見才對，萊歐寇爾卻用右臂彈開了輕鬆凌駕於音速的【砲擊】。

「我看得見！」

擋開砲彈的右臂炸斷了，砲彈卻因而偏向，那傢伙至今仍坐鎮於該處。

沒想到居然會被它擋下。

驚訝歸驚訝，多虧如此，我做的保險才沒有白費。

我在施展【砲擊】後立刻猛衝，並在唱誦結束的同時，從失去右臂所產生的死角接觸魔族萊歐寇爾。

我邊跑邊唱誦的魔法——

那正是必殺招式……

「神槍【昆古尼爾】。」

單論火力，這在我擁有的魔法中屬於最強。

只不過它是得花十分鐘以上才能命中對手的缺陷品。

然而，這招還有形同密技的運用方式。

那就是直接把敵人射上天，而不靠射出去的長槍命中對手。

讓敵人飛升騰空直到即將上宇宙，再砸落大地。

沒有生物接下這招還能平安無事。

用來殺勇者的王牌之一。

只是，這有跟原本用途不同的弱點存在。由於發動需要龐大魔力，就沒辦法將魔力挪用於強化體能。當然，唱誦費時這個弱點依舊保留。

非得用基礎體能接觸目標，一邊還要進行漫長的唱誦。

我不認為自己跟勇者交手時能辦到這種花樣。

不過，假如是暗殺而非戰鬥，要在對手察覺交戰前觸碰是可行的。

以現況來說，這屬於最有可能殺勇者的一張底牌。

「好好享受這趟天空之旅吧。」

「臭小子～～～～～～～～！」

連吼聲都被拋到天邊的那傢伙逐漸加速升空。

它會墜落在城郊，必死無疑，之後應該會再生。

那樣就好。

我要的是時間。

「塔兒朵、蒂雅、妮曼，將這些雌獅全殺了，火化完以後，我們就要前往那傢伙的墜落地點。」

在這裡的只有眼耳鼻遭到剝奪，又不具再生能力的無力雌獅。

要殺光它們易如反掌。

而且只要確實把屍體燒成灰，魔族萊歐寇爾就無法讓雌獅復生。

何況我已經算出了它的墜落地點。

我們可以在除去礙事隨扈的狀況下，跟魔族萊歐寇爾一決勝負。

「唔哇，盧各下手實在好狠。」

「真不愧是盧各少爺。」

蒂雅和塔兒朵從牆的另一端探出臉，她們一邊講話一邊仍動手逐步收拾那些雌獅。

「原來這就是暗殺者的戰鬥方式。無比合理，透過細心準備，將對手的長處一項項封鎖，不給任何還手的機會就殺掉目標。精采絕倫喲。」

如果強在集團作戰，就讓它失去作用。

若五感優秀，便將五感搞殘。

正面對決這種事交給騎士表現就夠了。

「這次情報充分，有情報就可以做準備。暗殺重要的是在動手前，能預先累積多少工夫。」

實際動刀不過是收尾的步驟罷了。

走到那一步的過程才是暗殺者的實力。

而且，就連屠殺這些眷屬也只是預備工作之一，這次要殺的目標是魔族萊歐寇爾。

正因如此，我不會放鬆。

在魔族萊歐寇爾斷氣之前都不會。

Episode23

第二十三話
暗殺者挑戰百獸之王

The world's best assassin, to reincarnate in a different world aristocrat

我們無驚無險地將魔族的眷屬全殺了。

瀰漫四周的強烈惡臭被我用風一口氣捲上天，現在總算可以拿下面罩了。

這次祭出的光、音、氣味兵器都很管用。對付強者與其用半吊子的火力，從這些方面下手更有效。

「那麼，我要將它們一併焚化了喔。」

火焰風暴封鎖住堆積成山的屍體，將其焚燒殆盡，灰燼逐漸散去。

「這樣就沒事了吧。雖然是我自己創出來的，但【眩暈光炎】比想像中厲害呢。」

「我也吃了一驚。原本我對光魔法的火力感到不滿，不過原來還有這種運用方式。無須奪命就能讓目標無力化，這實在太棒了！用途多多喲。」

光屬性的弱點在火力。

想讓光具有殺傷力就必須有驚人的光量，還要動用許多魔力。

此外，廣域攻擊亦為光屬性的短處。畢竟施法者基本上都要將光量匯聚到極限，以彌補低落的效率。

【眩暈光炎】則是讓光屬性在威力及範圍得以彌補缺陷的魔法。

「沒空閒聊了。距離那傢伙墜落只剩五分鐘左右。」

把那傢伙射上天時的手感讓我明白了一點。

它的體重超過四百公斤。

我的【昆古尼爾】是以讓一百公斤質量騰空飛升為前提的術式，或者應該說，那是我瞬間魔力釋出量的極限。

比起當初創造【昆古尼爾】這招時，我的魔力釋出量已經有所提升，注入的魔力比原本的【昆古尼爾】多，讓敵人升空的距離卻短了不少。

而且我是從舉起它的手感來逆推體重，在匆促間做出計算，精確度低得跟平時無法相比。

所以為安全起見，我把落點設在東北方三十公里外，要它墜落到廣闊荒野的中央。就算多少會有偏誤，也不至於對鄰近城鎮造成大損害才對。

「盧各，我們得趕路才行嘍。」

「對，蒂雅小姐，不然或許會讓敵人溜掉！」

「我想不會有這種事。我只是瞥了一眼，沒辦法篤定，但是那個魔族並無眷屬被殺而大難臨頭的想法，它屬於憎恨敵人，要對方血債血還的那一型。」

在短瞬相遇中，我跟魔族對上目光。

它儼然就是百獸之王。

「不管怎樣，我們快動身吧。我希望能先發制人喲。」

「也對。」

我們拔腿趕路……這樣的話實在來不及，因此我動用風魔法。

「所有人抱緊我……再緊一點，好，這樣就行了。」

「盧各，這樣有點難為情耶。」

「哇，居然跟少爺貼得這麼緊。」

「這次盧各大人會用什麼方式讓我吃驚呢？」

蒂雅摟住右臂，塔兒朵摟住左臂，背後則有妮曼擁著我。

從旁人的角度來看，還真是誇張的景象。

有三個美少女緊貼在側，當下差點讓人分神於各自不同的觸感，我便專心唱誦。

唱誦勉強完成。

「【行風】。」

勁風捲起，我們的身軀騰空後被風罩裹覆而展開滑翔，再透過御風之力獲得進一步加速。

由於我拎著三人份的負重，速度比原先下滑了，不過秒速仍有120公尺，換算成時速約為432公里。

如此一來，四分鐘多就能前進三十公里。

再怎麼強化體能，用跑的也無法維持這種步調。

「盧各，這是什麼魔法！受不了，你是什麼時候創出這種招式的？」

「我偷閒撥空創的，有意思吧？」

「就是有意思才討厭嘛！我也想研究這種魔法！」

「唔哇，好厲害喔。少爺帶我們飛在天上。」

「舒適愜意喲。」

以前我曾經用土魔法製作滑翔翼，再御風加快滑翔的速度，但是我認為自己現在用不著那麼費事，大可直接乘風而行，就創出了這一招。

換成長距離飛行，製作物理性的機體會比較好，但是飛五分鐘左右的話，這種形式比較方便省事。

「擊退魔族的任務進行得很順利呢，感覺照這樣就可以輕鬆打倒敵人。畢竟對方是強在集體行動的魔族吧？這麼輕鬆就打倒眷屬，本尊也會迅速解決嘍。」

「……這可不好說。」

有一件事情，我無論如何都覺得在意。

蛇魔族米娜說過魔族萊歐寇爾很強，憑我並無法戰勝。

正因如此，她還準備了救兵。

照目前看來，萊歐寇爾感覺並沒有格外強大，救兵也沒有要出現的跡象。

可是，我不認為米娜在說謊。

魔族萊歐寇爾有某種隱藏的力量。

我不由得這麼想。

◇

一行人抵達離墜落預定地約五公里遠的位置。

我們所在之處是東北荒野的西南角。

把敵人轟出去時，落點設在荒野正中央，但這次精確度不足，因此我們保持了一段距離。

相對地，我將魔力貫注於圖哈德之眼警戒四周，準備好隨時拔腿衝刺。

……離預測的著陸時間剩下約二十秒。

我想抬頭往上看，可是【昆古尼爾】的速度就連圖哈德之眼也沒辦法完全捕捉，只好等對方著陸再反應。

持續倒數，時間到了卻還是沒有落地。三秒後，從預測落點往南方偏了四公里的位置有物體著陸。換句話說，就是在我們前方約一公里處。

幸好有多做拿捏。

沙塵隨著巨響滿天飄揚，地表出現大規模窟窿，引發土石流。

雖說發射的高度比平時低，由於物體質量大，威力也就相去無幾。

我完成預先準備的魔法唱誦，在眼前設下鋼鐵之牆。

這是蒂雅剛才用來絆住獅群的【鋼鐵城壁】。

土石流來到我們這裡時威力已減緩大半，衝擊卻還是相當可觀。

「我們走，那傢伙立刻就會再生。」

從那副慘狀來看肯定是死了，然而缺少【誅討魔族】的力場，魔族便會不停再生。

「原來這次盧各也要上前作戰啊。」

「因為有件事讓我感到在意。」

萊歐寇爾比我還強——倘若這句評語正確，塔兒朵將因為絆不住它而喪命。

有我上前作戰，擊碎魔族核心【紅之心臟】的任務便由妮曼負責。

為此我有將必須的手牌交給她。

「那麼，請聖騎士大人加油。」

妮曼遠離我們幾個，披上斗篷。

那是我親手做的，表面已事先著色跟荒野同化，還施了供披戴者隱藏氣味的加工，防禦力也極高。

這是把狙擊任務交派給她的餞別禮。

◇

除了妮曼以外，我們三個都來到以魔族施展【昆古尼爾】的著陸點。巨大窟窿中，有一頭雄獅……魔族萊歐寇爾待在裡頭。

它就地踞坐，咆哮的聲音傳遍遠方。

「GYAOOOOOOOOOOOOOOOOOONN！」

吼聲莫名悲痛。

是失去雌獅的哀傷嗎？

話雖如此，我不會同情它。既然敵人渾身破綻，就要毫不客氣地先下手。

我對蒂雅使了眼色，她便開始唱誦。【誅討魔族】射程短，再繼續靠近會在命中前就被對方察覺。

所以要用讓它失明的魔法【眩暈光炎】。

這一招最遠可以飛到五十公尺外。

同時，我則唱誦【誅討魔族】。

計畫是先讓它失明陷入混亂，再發射【誅討魔族】。

「【眩暈光炎】！」

蒂雅唱誦完成。

比妮曼施展的還要完美。

光球呈拋物線飛往那傢伙身邊，並隨之膨脹。

然而……

「GRYYYYYYYYYYYYYYYYYYYYYYYYYYY！」

在光球炸開的前一刻，魔族萊歐寇爾發出了咆哮。

難以置信的是，它的咆嘯令空氣層扭曲，遭到扭曲的空氣層則讓光線產生折射。

單純防阻攻擊並不讓我訝異。

它是在完全理解【眩暈光炎】的結構之後，做出了完美的對應。智慧超乎預期。

那傢伙轉向我們這裡。

「聽不見聲音，我的女人，沒有回應，是你們嗎？是你們幹掉的嗎！」

滿懷殺意的嗓音。

生物的本能敲響警鐘，使我在無意識間後退。

理性經過鍛鍊又擅於駕馭本能的暗殺者（我）竟會為恐懼所動？

「我的力量，回來了，大家，都已經不在。」

魔族萊歐寇爾的身體逐漸脹大。

肌肉隆起，瘴氣與魔力外溢，鬃毛長得更長。

究竟發生了什麼事？

這樣下去可就大事不妙。我反射性地拔出手槍，連番開火。

我知道對方會再生。即使如此，要是坐視它繼續變身，事態將無可挽救。

全彈命中。可是，子彈射不進隆起的肌肉。

終於，萊歐寇爾站起來了。肌肉隆起而粗如樹幹的後腿伸展變長，軀幹反而縮短，前腳的指頭伸長後近似人類，利爪不只變長了，還變得厚實、銳利，每一根爪子都彷若黑色長劍。

那模樣猶如獸人。

它縱身躍起。

多麼快的速度，凌駕於我。照這樣看，能耐可比艾波納。

對方企圖以右膝撞過來，速度太快，來不及閃避。

我迅雷不及掩耳地將彈匣所剩的子彈全數射出，同時閃避。

子彈被肌肉擋住，但衝擊力減緩了對方的速度，使我勉強躲過。

它用力過猛，著地於遙遠的彼端。

「不可饒恕。吾會最後才殺你。吾要扯斷你的手腳，再當著你眼前一個一個地邊吃邊上你的女人。」

方才講話還斷斷續續，現在卻口齒流暢。

……原來如此，是這麼一回事啊。

它本身並沒有多強，威脅在於群體作戰。之前如此解讀雖然沒錯，但也不算正確。

那傢伙是把自己的力量一一分給雌性，捨棄個體的強大，藉此換來群體的強悍。

而且雌性一死，分出去的力量回到己身，使它取回個體之力。此刻萊歐寇爾現出的才是真面貌。

蛇魔族米娜知情，卻隱瞞了這件事？

「呼，規劃亂了套呢。」

那就修正吧。

我有處理問題的力量。

不僅如此，恐怕還有利於我方的異軍會現身。

從蛇魔族米娜的性格來想，對萊歐寇爾擁有的真正力量隻字未提是為了導一場戲，因為她大概會在最能炫耀的時間點，將自己的玩具……也就是那傢伙送來這裡。

Episode24

第二十四話 暗殺者與友再會

The world's best assassin, to reincarnate in a different world aristocrat

魔族萊歐寇爾比想像中還要不好對付。

我跟塔兒朵彼此點頭，然後同時用特製針筒朝頸子注射了藥物。

雖然只有短時間的效力，但是這能讓腦部活性化，同時解除自我極限。

世界緩緩流動，體能及瞬間魔力釋出量隨之增加。

效力固然卓越，卻是一道兩面刃。

腦部對自我的限制並非虛設，無視的話將帶來強烈後勁反噬。

況且藥效時間短，接連使用很快就會產生抗藥性。

這種藥被歸類為王牌，緊要關頭才能用。

而現在遇上的就是緊要關頭。

魔族萊歐寇爾任由鬃毛飄揚，一出手便針對塔兒朵，而不是我。

塔兒朵身上長出了狐耳和毛茸茸尾巴。這也是只能短時間使用的王牌。

還有，她連【僕從獻身】都用上了。驗證結果顯示這種力量只能使用近三分鐘。

塔兒朵也明白，藏招就會死。

塔兒朵不選擇閃避，持槍朝正面猛衝而去。

在塔兒朵背後有風壓爆發開來。她把蒂雅研發的超短唱誦風魔法當成了推進器。

「你這隻貓，只配給狐狸當飼料！」

【獸化】的副作用使她變得好戰；【僕從獻身】的副作用則將她那種攻擊性思緒傳達給我。

塔兒朵的眼神正如肉食性野獸。

與極為可愛的外表並不相符，【獸化】的塔兒朵會變得凶暴。

長槍跟平時所用的不同。

平時那把槍要藏在傭人服裡，槍柄可以拆卸分開，採用的是將短刀裝在前端接柄的構造。

為了隨身藏帶，犧牲了強度和性能。

然而，日前跟兜蟲魔族交手時，讓她深切體認到火力不足。

正因如此，我新造了一柄重視破壞力而非便攜性的武器。

槍尖會以超高速迴轉。

以鑲入的琺爾石為動力，讓槍尖如鑽頭般超高速迴轉的結構。

再加上槍尖用的是就我所知最堅硬的合金。

連鑽石都能貫穿的魔槍就此實現。

這等魔槍是解放腦部限制，透過風魔法的推進力將自身發射出去，再並用【獸化】與【僕從獻身】強化過的體能奮力出槍。

不只猛衝的勁道，於衝擊瞬間還加上腰力與臂力的渾身一擊。

槍柄比萊歐寇爾的爪子更長，便奪得先機。

如果要躲，萊歐寇爾理應能躲開，然而深信鋼鐵肉體不會被女人用槍貫穿的傲氣讓它硬接了這一槍。

不過，這步棋錯了。塔兒朵的槍是特製品。

連我用手槍射擊都能彈開的鋼鐵肉體遭長槍捅入，並穿透進去。

可是……

「不會吧，盧各少爺打造的長槍居然……」

「竟能傷到吾的肉體，挺強的雌性。看起來真美味。」

貫穿萊歐寇爾胸膛的槍頭在心臟前停止迴轉。

因為那傢伙用肌肉夾住了槍頭。

萊歐寇爾直接張開雙臂，猛撲似的以利爪從左右兩側探向塔兒朵。

「別小看我了！」

塔兒朵為了使用長槍所藏的機關，將槍柄一扭。

於是，槍頭隨巨響射出。

過猛的後座力使發射者彈飛約五公尺遠，萊歐寇爾則跟著捅進心窩的槍頭一起飛了出去。

塔兒朵在著地的同時裝上預備槍頭，而萊歐寇爾被釘在位於幾公尺前的岩壁上。

槍頭附有倒鉤，肉被倒鉤固定住，子彈型槍頭才會留在體內，並把敵人釘上岩壁。

「盧各少爺，新型長槍好方便！」

新款兵器既是長槍，也是超大型口徑的槍械。

槍尖本身設有迴轉裝置和珐爾石，平時能當螺旋槍運用，危急時則可以啟動珐爾石進行【砲擊】。

這是考量到塔兒朵的戰鬥風格才這麼設計。

塔兒朵不太擅長射擊。這玩意兒要先捅進去，再開火猛轟，運用方式基本上算是對火砲類武器的一種褻瀆。

（有一手。）

我在內心讚賞能夠活用這種搞怪武器的塔兒朵，並且衝向前。

我並不是觀眾。

我的任務是創造足夠的空檔，讓蒂雅能確實用【誅討魔族】命中敵人。

我朝著被釘在岩壁上的那傢伙疾奔，一邊完成唱誦。

藉由比【高速唱誦】境界更深的【多重唱誦】，使我可以同時施展兩項魔法。

萊歐寇爾煩躁似的握住附倒鉤的槍尖，將槍頭連著自己的肉一併拔出，並且朝我瞪視而來。

「GAAAAAAAAAAAAAOOOOOOOOOOOOOOO！」

咆哮。

那並非單純威嚇，而是蘊藏魔力的衝擊波。

我的身體隨之浮起，差點被颳走。

然而，唱誦勉強趕上，對方進入射程了。

「【風檻】、【冰獄】。」

我施展兩道魔法。

第一道，用二氧化碳籠罩敵人周圍，在瞬間將敵人體內氧氣剝奪殆盡的風之魔法。

第二道，用厚實冰層填滿敵人周圍，將其束縛住的水之魔法。

真正的殺招是第二道，但是在冰層填滿周圍的期間，它不可能乖乖就範。

因此要先以【風檻】制住其行動，再趁機以【冰獄】固定。

如我所料，瞬間剝奪氧氣造成失神，冰層隨即填滿周圍。

冰層厚度為五公尺。

這樣一來，那傢伙便動不了。

首先，這並非普通的冰。這是絕對零度的冰，光是超低溫就能制住其行動。然後就算它想從中破冰而出，全身卻受到冰層箝制。蠻力再大，當動作的起點就已經被完全箝制時，任誰都無可奈何。

『真不愧是盧各。剩下交給我。』

追過我的蒂雅一邊趕向萊歐寇爾，一邊用眼神對我示意。

【誅討魔族】的唱誦進入最終階段了。

【誅討魔族】會穿透冰層。趁現在就可以命中。

我這邊也透過多重唱誦，祭出了複合魔法。

要施展的魔法是【磁軌槍】。

這次負責狙擊的是妮曼。她目前也在瞄準，但應該需要保險。

隨著【誅討魔族】射中目標，妮曼的狙擊和【磁軌槍】也會襲向其【紅之心臟】。

蒂雅唱誦完成，篤定會贏了。

就在此時，我的背脊不寒而慄。

第六感敲響警鐘，使我取消【磁軌槍】的唱誦，並且抓起蒂雅的頸根，一面對後方展開掩護，一面向前投出琺爾石引發指向性爆炸。

「呀啊！怎麼了嗎！」

我從後面出手拖走蒂雅導致她跌跤，【誅討魔族】射偏了。

而且用爆炸的琺爾石一轟，好不容易困住敵人的冰層應該就作廢了。

我明知道後果還這麼做，只因為有不祥的預感。

暗殺者的直覺並非怪力亂神。

正因為暗殺者隨時用全副五感偵察周圍，任何細微的前兆都能接收到。

原本我應該驗證這項前兆，考察有無危險性，擬定對策，判斷是否要執行才採取動作，但那樣也有很多時候會來不及。

能夠從龐大的經驗法則跳過思考時間得出結論，反射性地採取行動。

這便是暗殺者的第六感。

「看來我猜中了。」

琺爾石碎裂，在指向性爆炸撒出煙霧和金屬碎片的同時，冰層就從內側炸開，導致碎冰像散彈一樣飛來。

兩股強大力量相衝，讓周圍刻下破壞的爪痕。

假如判斷得晚，我和蒂雅已經被冰之散彈造成致命傷了。

而且……

「嘖！」

眼底下更有萊歐寇爾壓低姿勢到極限，朝我們衝來。

利爪對著我高高舉起。那傢伙的身軀滿是傷痕，有燒傷、有金屬片扎在上頭，血肉外翻。

能在這個時間點就如此逼近，所用的手段不會是等到冰之散彈跟琺爾石爆炸結束才瞬間加速衝上來這麼簡單。

可以想見萊歐寇爾是在兩股超強爆發力對轟時就硬衝。

超越魯莽的自殺行為。可是，正因如此才讓我猝不及防。

巨響、閃光、煙塵，五感大半受到蒙蔽，連暗殺者的直覺都起不了作用的時間點。不行。

這種速度、出手的時機，我閃不過。

最起碼必須避開致命傷。

……當我這麼想的瞬間，萊歐寇爾朝我揮下右臂，右手肘以下的部位被光束貫穿，飛了出去。

它那缺了手肘的右臂掠過我面前，我立刻將琺爾石扔進這傢伙的嘴裡還擊，並且用逼退用意大於打擊的一腳將它踹開，藉此保持距離。

琺爾石在它口中爆開，炸飛的部位直達胸膛。

目睹這一幕，我拉開距離，和塔兒朵、蒂雅一起擺出陣形。

「被妮曼搭救了呢。」

把那傢伙的右手肘以下轟斷的人是妮曼。

她應該是動用了原本在【誅討魔族】命中後要貫穿萊歐寇爾心臟的一擊。

如果沒有這波救援，我已經受了重傷。

「居然能從那樣的距離射中，果然厲害……幸好大家都平安。可是盧各少爺，戰況不太妙呢，藥效和【獸化】都快要斷了。那頭獅子實在是太強了。」

「嗯，很強呢，那頭獅子。」

強得純粹。

沒想到它能引爆自己的魔力和瘴氣，藉此打破那道冰之牢獄。

而且還擁有荒謬絕倫的體能和防禦力。

……我方以短期決戰為前提，可是動用了所有資源才勉強拚成平手。

那傢伙脖子以上的部位復原了。

我用這段時間想了新計策，但這項計策不管用的話就完了。

我盯著萊歐寇爾，窺伺進攻的時機。

可是，它採取了意想不到的舉動。

全力奔離，無視我們三個。

讓它往那裡去就糟了。

「【砲擊】。」

我從【鶴皮之囊】施展砲彈及琺爾石裝填完畢的【砲擊】，它卻躲開了。

萊歐寇爾已無剛才那種刻意接招的狂傲。

被它衝到後頭，況且距離這麼遠。

無論要追上去或出招命中那傢伙都有困難。

而且，它的目的是要解決狙擊手。

剛才那一擊讓萊歐寇爾察覺到妮曼的存在，它便決定先解決煩人的狙擊手吧。

敵我的距離拉近，迫使妮曼展開狙擊。射速如光故能命中那傢伙，貫穿力出色故能將它射穿。

然而，光束實在太細，傷口微小，那傢伙一邊再生一邊衝了過去。

妮曼難得心慌，隨之皺起臉。

她既無手段打倒那傢伙，亦無手段爭取時間讓我們趕到。

再這樣下去，妮曼會被啃碎。

「混帳！」

我一邊咂嘴一邊拔腿趕去。

不行，現在要救妮曼已經不可能了……

不，快思考。我不能對同伴見死不救。

就在此時。

有一柄黑色大劍從遙遠的上空飛落，插在萊歐寇爾眼前。

從萊歐寇爾的頑強度來想，大可無視大劍衝過去，但它卻停步了。

隨後，有個男子在插進大地的大劍劍柄上落腳。

他交抱雙臂，任由披風飛揚。

難怪連萊歐寇爾也要停下腳步。

那柄劍具有的力量到底有多麼凶惡驚人……甚至凌駕於我在過去遇上的【神器】昆古尼爾。

沒人回答我的疑問，劍的主人與萊歐寇爾正互相對峙。

「你這傢伙是誰？同類嗎？聞得出與吾相同的氣味。」

「同類……呵，在你看來像嗎？我也真夠墮落的了。」

多虧那套把臉遮住的服裝，我本來沒有把握，但聽見嗓音就篤定了。

這把力量超凡的劍竟歸他所有。

……我原本就認為他會來，卻沒想到是在這個時間點。

「別礙事。吾非要扯斷那男人的手腳，再當著那傢伙面前，邊吃邊上這些女人才肯罷休。」

「我不會讓你得逞。他們是我的朋友，何況，她對我是特別的。」

「那麼，你等著替吾的爪牙充饑吧。」

「身為一名陪襯的角色，你吠得可真動聽，拿你來暖場正合適。我會在這裡證明，

自己再也不是只能追趕於盧各後頭的人了。」

黑衣劍士從劍柄上跳下，並拔起大劍。

「來吧，擦亮眼睛，看看我墮入黑暗……不，看看我統掌黑暗所得的力量。然後，將我的名字銘記於心。我名叫闇之勇者諾伊修！」

好比劇院的演員那般，他用陶醉的語氣高聲宣布自身名號。

隨後，獅子便與闇之勇者互搏較勁。

「這實在太惡毒了。」

我看著變了個人的諾伊修，茫然地發出咕噥。

蛇魔族米娜，我不會原諒妳。

居然把我的朋友變成這副模樣。

我緊緊握拳。

……原來被她當玩具就是這麼一回事嗎？

我沒能阻止諾伊修。

不，之後再來後悔吧。當下我只需要做自己該做的事，我要想的就只有打倒魔族萊歐寇爾。

然後，等這場戰鬥結束，我要動用所有技能來治療諾伊修。

因為對沒能拯救他的我來說，那是唯一可以辦到的贖罪方式。

Episode25

第二十五話　暗殺者聯手作戰

The world's best assassin, to reincarnate in a different world aristocrat

再次見到的諾伊修已經完全變了個人。
改變的不只服裝，還有內在。
瘴氣正從他體內流瀉而出。
這表示諾伊修已經跟魔物及魔族淪為同類。
蛇魔族米娜說的把人當玩具，就是這麼一回事。
淪落至此，諾伊修根本沒有歸宿了。
「難道你不惜放棄人類身分也要追求變強？」
事情是有前兆的。
剛認識諾伊修時，他對自己的特別深信不疑。
可是，目睹勇者荒謬的力量以後，諾伊修絕望了。
在那之後，他嫉妒原以為跟本身同樣水準的我活躍於世。既然憑一己的力量贏不過我，就打算成立騎士團展現自己的價值。

可是，我卻連他做的那些都否定了。

……結果便是如此。

或許讓他變成這樣的人，就是我。

◇

我來到妮曼身邊。

「妳沒事吧？」

「剛才我是有那麼一絲膽寒，不過盧各大人，你傷到我的心了。真是的，居然還為我勃然色變……我可是有足夠本事能爭取到你趕來救援的時間喲。」

「抱歉，我似乎小看妳了。」

基於性格，妮曼並不會高估自己，也不會自我膨脹。

畢竟她仍自許為我的同伴。

假如我錯估妮曼的實力，包含她在內的全體成員都會蒙受生命危險。

腦袋精明的她不會連這一點都不懂，還打腫臉充胖子。

下次找個機會跟她過招看看吧。到時候再評估她的本事。

高估固然有危險，但是低估也同樣危險。

「諾伊修變強了呢。」

我和妮曼一塊觀摩諾伊修戰鬥的模樣。

他隻身跟萊歐寇爾戰得不分上下。

我之所以堅守觀眾立場是有原因的。

即使要出手助戰，若是不釐清諾伊修目前的能耐，對彼此都會有危險。

要先掌握他有多少力量。

同時我們所有人也都準備好了，只要敵方露出致命破綻，隨時都可以進攻。

塔兒朵以雷光環繞長槍；蒂雅準備唱誦【誅討魔族】；妮曼則拿起我交給她的武器，發射光魔法的態勢已經一併就緒。

「好出色的劍喲。」

「是啊，凶猛強大。即使說那根本不是裝備，而是長成大劍外型的魔族，似乎也能讓我相信。」

「我那笨青梅竹馬……不，愚蠢至極的青梅竹馬使起劍術，身手依舊在一流之上但未達出神入化，雖然體能也有所提升，不過跟超凡之人一比就有誤差。以魔力強化體能的技巧跟以前一樣笨拙，在各方面都讓人覺得遺憾喲。不過，從那柄劍流出的力量太異常，讓他能夠和怪物互拚。更重要的是……」

「砍中魔族以後，傷口不會痊癒。沒想到會有那樣的武器。」

諾伊修手裡拿的黑色大劍十分驚人，用劍身擋下萊歐寇爾連鋼都能輕易撕裂的爪子以後，也沒有半點損傷。

藉由瘴氣之力強化劍的持有者，進而具備足以砍傷萊歐寇爾皮膚的鋒利度，甚至有阻止魔族再生的效力。

諾伊修接受的改造恐怕並不是追求自身強度，而是讓他有能力使用那柄魔劍。那柄魔劍顯然超乎規格。

如果只是要執行某些單純的動作，我已經透過研究【神器】，讓灌注魔法之力的裝備實用化了。其成果就是塔兒朵拿的長槍。

但是要在裝備上賦予【誅討魔族】這類高等魔法，我卻覺得遙遙無期。

那股無窮湧現的力量到底是怎麼來的？

「……哎，看過就大致理解了。我要去助陣，照那樣下去他會輸。」

「也對。那名魔族的學習能力很異常呢。在這個時間點不分上下的話，輸掉是早晚的事喲。」

妮曼斷言。

我也持相同意見。萊歐寇爾的頭腦是一大威脅。

藥效早就停了，瞬間魔力釋出量回歸平時的狀態。

即使如此，只要跟諾伊修合力就能一戰。

我在前往替諾伊修助陣的同時，用視線和手勢向塔兒朵她們做出指示。

倘若如我所料，這場戰鬥會需要她們的力量。

◇

我舉槍瞄準。

即使諾伊修的體能得到了強化，本事仍跟以前一樣。應該說，他被駕馭不住的力量牽著鼻子走，動作反而變單調了。

憑我就能猜出他的下幾步行動。

我舉起瞄準的是收藏於【鶴皮之囊】內的步槍。

尺寸比手槍大，可用的子彈口徑也大。

內含的琺爾石粉末分量截然不同，憑這個的話，就算是萊歐寇爾的肉體也能貫穿。

我吸了口氣。

強化圖哈德之眼。

我看的是零點幾秒後的未來。要不然，在這種狀況下根本無法支援。

當雙方在近身戰鬥中激烈交鋒，站位頻頻變動，對常人而言要只射中敵方是不可能辦到的技倆。

然而，我並不是常人。

就算沒有犯規的圖哈德之眼，我在前世仍一邊搭乘時速150公里的車，一邊隔著行經的新幹線車窗成功狙擊過目標。

諾伊修的動作還有萊歐寇爾的動作都在掌握中，猜得出後續套路。那麼，剩下的就是射擊精準度和時機的問題而已。

「……」

我默默發射子彈。

萊歐寇爾看穿諾伊修的招式，已經出手還擊，而我的子彈便命中它的面門，把獅頭轟掉了。

當然，有別於諾伊修的魔劍，我這只是普通鉛彈。

獅頭隨即再生。

單靠這發狙擊並無意義。

不過……

「支援得好！」

諾伊修朝變得毫無防備的萊歐寇爾肩膀舉劍斜劈。

沒錯，只要幫忙製造破綻，接下來諾伊修自然會對敵人造成傷害。

萊歐寇爾被轟掉的頭顱再生了，從肩膀到側腹的深刻劍傷卻沒有痊癒，源源不絕地流著血。

魔族流血的模樣讓我感到新鮮。縱使是魔族，倘若持續失血，動作是否會變得遲鈍？令人在意。

「接招接招接招，體會我的力量吧！」

原來如此。若是在無法再生的狀況下，魔族便不能無視生物共通的弱點嗎？

萊歐寇爾的動作明顯變遲鈍了。

即使如此，從精確的身手仍可看出它有多善戰。

形勢隨之逆轉，得意忘形的諾伊修以大動作出招，萊歐寇爾就用最收斂且距離最短的步伐朝他的喉嚨突刺而去。

不錯的攻擊。那會比諾伊修的劍先得手。

假如沒有我在，萊歐寇爾已經逆轉得勝了吧。

可是，我猜到了那一招。

……我的子彈將它的手臂從根部轟飛，萊歐寇爾失去了平衡。

「喝啊啊啊啊啊啊啊啊啊啊啊啊！」

伴隨裂帛的氣勢，諾伊修舉劍橫掃。

與其稱作氣勢，不如說他是靠著吼聲來趕跑若沒有我出手支援，他早就已經被殺的恐懼和羞恥。

故這一劍揮得雜亂無章，萊歐寇爾就算陣腳不穩也還是避開了致命傷。

「那傢伙……」

我原本以為諾伊修的本事沒變，但是這得修正。

他被力量牽著鼻子走，變得盛氣凌人，出招不夠細膩。

假如沒有我支援，諾伊修已經死了兩次。平時的他不會手忙腳亂，在萊歐寇爾二度露出破綻時就能確實造成致命傷。

萊歐寇爾縱身後退，諾伊修窮追猛打。

諾伊修連那是在誘敵都看不出來。

「GAAAAAAAAAAAAAAAAAAAAOOOOOOOOOONNNNNNNNNNNN！」

受創的萊歐寇爾朝著衝上來的諾伊修發出伴有衝擊波的咆哮。

諾伊修遭到震飛，空門大開，萊歐寇爾卻擱下渾身破綻的諾伊修，流著血朝我直奔而來。

「打倒你這小子就夠了！」

它判斷我比諾伊修更具危險性。

獅眼專注於槍口。

毫不鬆懈，為了躲開射出的槍彈。

明智的判斷。然而，也有愚蠢之處。

憑那種極限的集中力應該能看見子彈並且閃躲。不過，那是肉食野獸的集中力，表示它只看得見自己注意的東西。

（換句話說，對來自死角的攻擊便毫無防備。）

我早猜出這傢伙會有這樣的行動。

既然猜得出，就有對策。

我用沒有拿槍的左手取出手榴彈，扔了過去。

萊歐寇爾的心思都放在槍口，反應就慢了。

手榴彈在半空爆炸。

那是設陷阱時也有用上的震撼彈。

萊歐寇爾受到過度衝擊，杵在原地，耳膜被震破，使它耳朵流了血。

我制止其動作是有原因的。

「我等的就是這個時候！」

為了避免被萊歐寇爾發現，逐步接近我的塔兒朵用雷光長槍捅向它的側腹。

電流從體內展開蹂躪，觸電迫使它停止行動。

差點從震撼彈振作起來的萊歐寇爾再次被剝奪自由。

「【誅討魔族】。唉，我等了好久喔。」

藉由蒂雅施展的【誅討魔族】，它的【紅之心臟】具現成形，發出赤紅光芒。

蒂雅完美唱誦了超高難度的術式。

制止魔族行動，使它處在可殺的狀態。接下來，要做的事情只有一項。

「【聖光增幅砲】。」

然後，由妮曼靠狙擊給予致命一擊。

用我製作的道具將光之魔力儲存後施放的強化光魔法。

事先灌注大量魔力，藉此解決光魔法火力問題的單純道具。

只要儲滿能量，即使是為火力不足所惱的光魔法，也能充分發揮威力。

那一擊以光速貫穿了【紅之心臟】。

我從最初就決定把諾伊修當誘餌，逼迫萊歐寇爾針對我而來，再趁機製造破綻。

抓準破綻出手的作戰策略，我早就轉達給塔兒朵她們了。

萊歐寇爾的心臟開了孔，存在逐漸變得稀薄。

「嘎啊，只……只要沒有，你這小子在……」

「說得對，殺了你的人是我。」

它拚命朝我伸出爪子，還沒有觸及就化為光粒消失了。

萊歐寇爾，你是個強手。

若有一步閃失，我們應該就輸了吧。它跟我的差異在於有沒有事先取得情報擬定對策。如果要正面對決，我們應該不會有勝算。

我為它獻上追悼。此時有掌聲響起。

「這就是【聖騎士】盧各的力量，以及其隨從的力量。以區區的人類而言算是幹得很漂亮了。」

掌聲的來源是諾伊修。

本色不改的他帶著優雅有氣質的熟悉笑容，一路散發出瘴氣朝我們走來。

不，那不是我熟知的笑容。以往他待人並不會如此居高臨下。

「來談談吧，諾伊修，你消失以後發生了許多事。」

「好啊，盧各，我也有事情要找你談。」

我摸索要對變了樣的朋友說什麼話。

能傳到他心裡的話。

……為了讓我們還能像過去那樣彼此歡笑。

Epilogue

終章——暗殺者目送友人

The world's best assassin, to reincarnate in a different world aristocrat

我和諾伊修面對面。

已將魔族打倒的現在，沒有人會來攪局。

塔兒朵和蒂雅擔心似的從稍遠的位置看著我們。

「諾伊修，沒想到你竟然會變成這樣。」

諾伊修聽了我說的話，就苦笑著帶了些許焦躁看過來。

「為何要這麼說，你在同情我嗎？」

「同情的成分也有。你那樣的身體怎能在人類的世界活下去……對於你身懷的瘴氣，看得出來的人就是會懂。」

好比有道具可以感應魔力，也有道具可以感應瘴氣。

而且國家中樞對瘴氣有強烈戒心。

至少諾伊修無法以貴族的身分活下去了。

即使面對的是普通人，瘴氣也會本能性地引起排斥感。照這樣下去，諾伊修將被逐

出人類社會。

「你是指那個啊？在這股力量面前只算瑣事啊。看到了吧，我比你們之中的任何人都強。」

「應該吧。可是，那沒有多大意義。」

裝備了劍的諾伊修武力想必更勝於我。

不過，那又如何？

正面交手大概對我不利，但是只要在沒有裝備那柄劍的狀況下突襲，我就可以扳倒諾伊修。

即使諾伊修裝備了劍，只要保持一定距離就可以單方面出手殺他吧。就算距離被他拉近，我最起碼也還是逃得掉。

逃掉後先藏匿行蹤，再趁其不備下殺手也是可行的。

所謂的力量並沒有絕對。在我看來，以放棄人類的代價而言實在太過渺小。

「你這是在嫉妒我，盧各，你心裡一直都是瞧不起我的吧。在學園隱藏實力的你始終都嘲笑著自以為是的我！以往看在你的眼裡，我這個人想必很滑稽吧。而你就是被我超越了，才會用這種方式找碴！」

「我根本沒有瞧不起你。應該說，以前我甚至對你懷有敬意……可是，現在的你就顯得滑稽了。你是個拿著借來的力量賣弄，還藉此虛張聲勢的可悲男人。」

「盧各！」

諾伊修把手放到劍上。

再耍嘴皮子，他就會砍了我。諾伊修用態度表示出這一點。

「我說的滑稽就是像這種部分。廉價的威脅。或許你是變強了，然而你卻失去了更重要的東西。清醒過來吧，得到那種強悍，你是想做什麼？」

「……住口。」

「你對我說過吧，你要改變這個腐敗的國家，為此你要借助我的力量。現在你變成這樣，能夠改變國家嗎？國家並沒有單純到只靠強大的個人就能改變。你不會不懂其中道理吧？以前的你是把力量當成一張手牌，還聚集了辦得到己所不能之事的同伴。因為你有吸引人的魅力，優秀的人才會聚在一起。那比你現在這種借來的力量崇高多了。」

「我叫你住口！」

諾伊修拔劍砍了過來。

塔兒朵和蒂雅連忙趕到我身邊。

在這種局面下，我只是望著諾伊修。

「為什麼你知道我會停下劍？」

「因為你沒有殺氣。」

劍在砍中額頭的前一刻停住了。

「抱歉，我並沒有打算做這種事……」

諾伊修把劍收進鞘裡，並且用手捂住臉。

將瘴氣納入體內的反作用力使他變得性情剛烈。

要不然我所認識的諾伊修既從容又充滿格調，絕不可能會做這種事。

我朝諾伊修伸出手。

「跟我一起走。我沒辦法讓你變回人類，但是我起碼可以教你怎麼隱藏瘴氣。」

諾伊修流洩的瘴氣既扭曲又不穩定，看得出他形同無法控制。

但是，我有把握可以駕馭住。

瘴氣的性質在研究【誅討魔族】的過程中已經大致掌握了。

不僅如此，觀察蛇魔族米娜的期間，我也看出了她是用什麼方式隱藏瘴氣。

關於操控方式，我可以提供建議，更能製作輔助的道具。

就算諾伊修變不回人類，我還是能夠幫助他溶入人類世界。

「……我就不問你為什麼辦得到那種事了。哈哈哈，沒有用呢，我本來是打算變強以後可以對你還以顏色，然而跟你談得越多，越顯得自己慘淡。我要走了，我有該做的事情。」

「你要去哪裡？」

「我沒道理要告訴你。往後，我還會在你面前出現……唉，因為你，我清醒過來了。本來還可以痛痛快快什麼都不想，現實卻攤在了眼前。不過，謝謝你。」

諾伊修轉身背對我。

我打算朝他的背影搭話，妮曼就從我身後追了過去。

「諾伊修，你什麼時候成了這麼乏味的男人呢？你以前就身手弱，腦袋也不靈光，可是以前的你並不愚昧啊。」

諾伊修回頭露出了泫然欲泣的臉。

看來她的話比我更能打動諾伊修的內心。

「原來在妳看來是那樣嗎？妮曼，我一直都對妳……不，沒事。」

「現在改念也還不遲，你該聽盧各大人的話。要是甩開盧各大人的援手，你會哪裡都去不得喲。」

「……唯獨這句話，我不想從妳口中聽見。」

諾伊修說完，這次便真的消失了。

就算要追，單純比速度也無從追起。

現在的諾伊修體能可比勇者。

等到看不見諾伊修以後，妮曼才緩緩開口：

「我的笨青梅竹馬成了一個大蠢蛋。至少，我希望他能聽過道謝之後再消失。」

「我們應該還會跟他見面。畢竟那傢伙本身似乎也有許多想法。」

只要跟魔族交戰，諾伊修肯定會出現。

更何況從米娜口中也可以挖出情報才對。

「嗯，一定是這樣喲。」

「話雖如此，我嚇了一跳呢。諾伊修好像喜歡妳喔。」

「我曉得。他從以前就一直追逐著我的背影。」

妮曼說得彷彿若無其事。

「妳不打算回應他的心意嗎？」

「因為我是洛馬林家之人。再說，他就跟弟弟一樣喲，需要費心照顧，而且離不開視線。真麻煩。」

「我放心了。看來妳對他是有好感。」

「希望你別誤解喲，終究只是當弟弟罷了。」

我露出苦笑。

妮曼是認真在擔心，就算性質不同，她也喜歡諾伊修。看了她至今為止的舉動就會曉得。

「那麼，我們回去吧，得製作魔族討伐完畢的報告書。這樣一來，就有第三名魔族被打倒了喲。按照這種步調，似乎能輕輕鬆鬆將魔族殲滅呢。」

「或許是呢……我會祈禱剩下幾個不是像萊歐寇爾這樣的怪物。」

萊歐寇爾強過頭了。

我不想再跟那傢伙鬥第二次。

「塔兒朵、蒂雅，我們回去吧。我差不多開始想念圖哈德領了。」

尚布倫城內的善後就交給妮曼的部下好了。

他們有多優秀，看過這幾天的工作成效就知道。只要適當地做出大方向的指示，那些人應該就會處理得不錯。

既然有優秀人才，就要有效活用。

「好的，回去以後我要做少爺最愛吃的圖哈德料理。」

「啊，不錯耶。」

「我也要跟去喲。差不多該向盧各大人的父母請安了。」

所有人都刻意表現得開朗。

為了撫慰跟朋友離別而感到消沉的我。

她們真是群好女孩。

正因如此，我希望珍惜她們。

「回程要怎麼辦？離城鎮可遠了，城裡處於這種狀態又招不到馬車……乾脆從天空飛回去吧？事到如今，再藏招也沒意義。走空路不用半天就能回圖哈德領。」

我這麼一說，塔兒朵她們就互相以眼神示意，然後點了頭，再一起對我開口：

「「「我們贊成（盧各／盧各少爺／盧各大人喲）。」」」

在這個瞬間，沿空路踏上歸途的方案敲定了。

由於飛行時間長，我決定用製作滑翔翼的方式。

回去前再多打拚一番吧。

天氣不賴。

飛過這片舒爽的藍天，無論是關於諾伊修或今後的問題，或許都能想到好主意。

後記

非常感謝您閱讀《世界頂尖的暗殺者轉生為異世界貴族》第四集。

我是作者「月夜　涙」。

在第四集，終於連瑪荷也獲得聚焦了。

那女孩戲分少卻依舊有人氣，因此才能寫出那樣的橋段。作者本身也喜歡這女孩，所以能像這樣提高出場率是很慶幸的。

另外，這次還有新角色活躍。而且那個帥哥回來了！

在第五集，會有不同於魔王及魔族的威脅朝盧各露出獠牙。盧各將怎麼克服呢？敬請期待！

宣傳

本書附廣播劇ＣＤ的特裝版發售了！盧各是由赤羽根健治先生飾演，蒂雅是由上田麗奈小姐飾演，塔兒朵是由高田憂希小姐飾演，瑪荷則是由下地紫野小姐飾演！非常豪華的聲優班底。

腳本是由我撰寫的新篇劇情。下筆時文思泉湧，就完成了普通廣播劇ＣＤ兩倍的分量且密度也高的力作！請各位務必一聽。

暗殺貴族系列改編漫畫版也發售中，連連再刷，大受歡迎喔！

另外，在ＭＦ文庫Ｊ有新作將於四月二十五日發售。

書名為《英雄教室の超越魔術士　～現代魔術を極めし者、転生し天使を従える～（暫定）》，窮究現代魔法的魔法士將在魔法學園大活躍！帶領天使和義妹一同大鬧，並拯救走向毀滅的世界。

總之這是一部講究主角帥氣的作品，主角ユウマ的帥氣度可匹敵盧各，跟暗殺貴族系列似乎還有許多連動企畫，請務必也參考看看！

謝詞

れい亜老師，感謝您在第四集也提供了精美插畫。由於有附廣播劇ＣＤ的特裝版，讓您畫了比平常更多的插畫，每幅畫作都精美動人，感謝您！

角川sneaker文庫編輯部以及各位相關人士。負責設計的阿閉高尚大人，還有讀到這裡的各位讀者，萬分感謝你們！謝謝大家。

世界頂尖的暗殺者轉生為異世界貴族4
SEKAI SAIKO NO ANNSATSUSYA ISEKAI KIZOKU TENNSEI SURU
恭喜
第4集發售!!
總之請大家
要聽同時發售的
廣播劇CD…
要聽喔…！

下集預告
Next
「近期內
將賜予你獎勵——」
再次與「故事發端」相遇的盧各
將獲得重要情報，不料……！
世界頂尖的暗殺者轉生為異世界貴族
5
The world's best assassin,
To reincarnate in a different world aristocrat
敬請期待!!

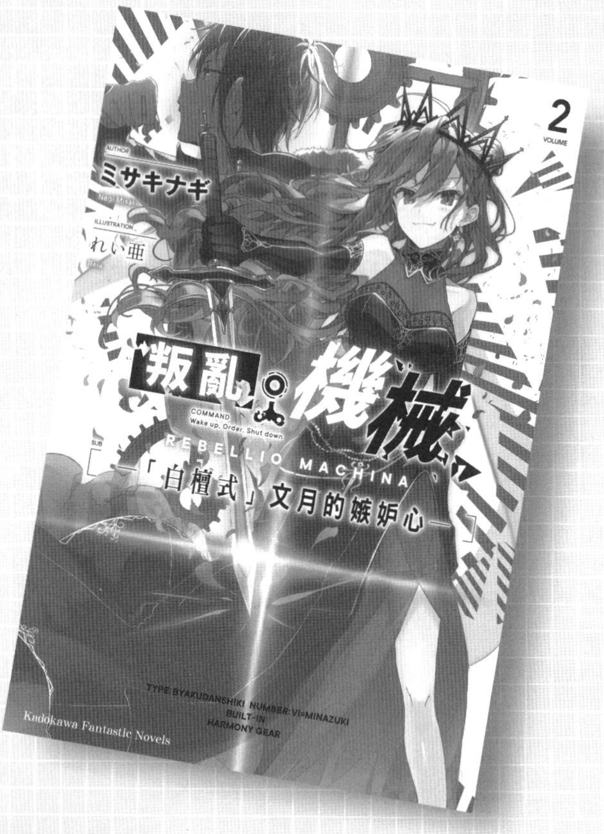

叛亂機械 1~2 待續

Kadokawa Fantastic Novels

作者：ミサキナギ　插畫：れい亜

吸血鬼公主與機關騎士展開行動，
正義與反抗的戰鬥奇幻故事第二集！

吸血鬼革命軍的屠殺恐怖動亂後過了三週，排除吸血鬼運動的聲勢在國內迅速增長。水無月等人開始調查先前與睦月戰鬥後揭曉的「白檀式」的人工頭腦中之所以有「吸血鬼腦」的真相。然而，全球最大的自動人偶廠商CEO卻突然出現在他們面前……

各 **NT$220/HK$73**

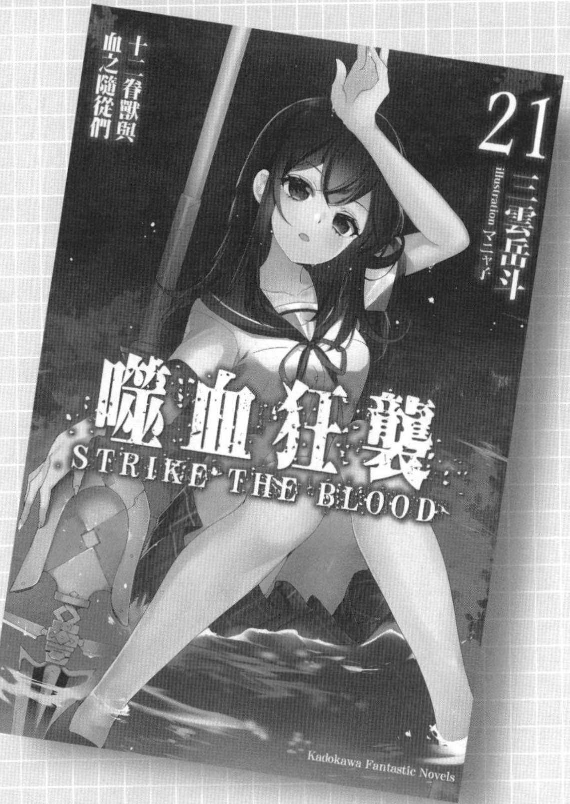

噬血狂襲 1~21 待續

Kadokawa Fantastic Novels

作者：三雲岳斗　插畫：マニャ子

古城被強行將眷獸植入體內，變成了怪物。
雪菜等人只得找齊十二名「血之伴侶」——

第一真祖齊伊出現在古城等人面前，提出意想不到的交易。齊伊交給古城的是一批新眷獸。古城受到強行植入體內的眷獸影響，理性盡失，進而變成怪物。為了讓古城駕馭住眷獸，雪菜等人只得到處奔波以找齊必要的十二名「血之伴侶」，豈料——

各 **NT$180~280/HK$50~87**

最強廢渣皇子暗中活躍於帝位之爭
佯裝無能的SS級皇子背地支配王位繼承戰　1~2 待續

Kadokawa Fantastic Novels

作者：タンバ　插畫：夕薙

艾諾陪同弟弟李奧代表國家出使外邦。
船程中遭遇「海龍」，兄弟倆因而互換身分！

艾諾在皇帝的作弄下，被迫與雙胞胎弟弟李奧出使外邦，途中更遭遇「海龍」將他跟李奧拆散，兩人因而互換身分！艾諾扮演李奧，在異國暗中活躍，醒來的「海龍」卻撲向民眾。廢渣皇子將與召喚聖劍的愛爾娜聯手，把外交和「海龍」雙雙搞定！

各 **NT$200~220/HK$67~73**

幽冥宮殿的死者之王 1 待續

Kadokawa Fantastic Novels

作者：槻影　插畫：メロントマリ

不死者vs死靈魔術師vs終焉騎士團，
三方勢力展開前所未見的戰鬥！

少年恩德受病痛折磨而喪命，再次甦醒時發現自己因為邪惡死靈魔術師的力量，變成了最低階不死者。他為了贏得真正的自由，決心與死靈魔術師一戰，然而追殺黑暗眷屬直到天涯海角，為誅滅他們不惜賭上性命的終焉騎士團卻又成了他的障礙……！

NT$240/HK$80

國家圖書館出版品預行編目資料

世界頂尖的暗殺者轉生為異世界貴族 / 月夜涙作；
鄭人彥譯. -- 初版. -- 臺北市：臺灣角川股份有限公
司, 2021.01-
　冊；　公分

譯自：世界最高の暗殺者、異世界貴族に転生する
ISBN 978-986-524-201-5(第3冊：平裝). --
ISBN 978-986-524-358-6(第4冊：平裝)

861.57　　　　　　　　　　　　　109018348

Kadokawa
Fantastic
Novels

世界頂尖的暗殺者轉生為異世界貴族 4

（原著名：世界最高の暗殺者、異世界貴族に転生する 4）

2021年4月19日　初版第1刷發行
2023年6月19日　初版第4刷發行

作　者：月夜涙
插　畫：れい亜
譯　者：鄭人彥

發行人：岩崎剛人
總編輯：蔡佩芬
編　輯：孫千棻
美術設計：吳佳昀
印　務：李明修（主任）、張加恩（主任）、張凱棋

發行所：台灣角川股份有限公司
地　址：104台北市中山區松江路223號3樓
電　話：（02）2515-3000
傳　真：（02）2515-0033
網　址：www.kadokawa.com.tw
劃撥帳戶：台灣角川股份有限公司
劃撥帳號：19487412
法律顧問：有澤法律事務所
製　版：尚騰印刷事業有限公司
ISBN：978-986-524-358-6